AF329651

THÉATRE

EUROPÉEN.

THÉATRE EUROPÉEN

NOUVELLE COLLECTION

DES CHEFS-D'OEUVRE DES THÉATRES

ALLEMAND, ANGLAIS, ESPAGNOL,

DANOIS, FRANÇAIS, HOLLANDAIS, ITALIEN, POLONAIS,

RUSSE, SUÉDOIS, ETC.

AVEC DES NOTICES ET DES NOTES

HISTORIQUES, BIOGRAPHIQUES ET CRITIQUES

PAR MM.

J. J. AMPÈRE; AYSNEL; le baron DE BARANTE, de l'Académie française; BERR; CAMPENON, de l'Académie française; Philarète CHASLES, CHATELAIN; Alissan DE CHAZET; Léonard CHODZKO; COHEN; DEFAUCONPRET; DELATOUCHE; A. DE LATOUR; DENIS; Émile DESCHAMPS; Ernest DESGLOZEAUX; Alexandre DUMAS, Paul DUPORT; Léon GOZLAN; GUIZARD; GUIZOT; DAMAS-HINARD; Jules JANIN; LEBRUN; LOÈVE-VEIMARS; MAGNIN; SAINT-MARC GIRARDIN, X. MARMIER; MENNECHET; P. MÉRIMÉE; MERVILLE; prince METSCHERSKY; Théod. MURET, NISARD; Charles NODIER, de l'Académie française; Amédée PICHOT; comte DE RÉMUSAT; comte Jules DE RESSÉGUIER; comte DE SAINT-AULAIRE; Jules DE SAINT-FÉLIX; comte Alexis DE SAINT-PRIEST; baron TAYLOR; TROGNON; VILLEMAIN, de l'Académie française; Madame la duchesse D'ABRANTÈS; etc., etc.

Théâtre Espagnol.

PREMIÈRE SÉRIE.

TOME I.

PARIS

ED. GUÉRIN ET Cⁱᵉ, ÉDITEURS, RUE DU DRAGON, 30.

1835

LE MOULIN

(El Molino)

COMÉDIE FAMEUSE EN TROIS ACTES.

DE LOPE DE VEGA.

NOTICE SUR LE MOULIN.

Parmi les nombreuses pièces d'intrigue qui forment la plus grande partie de l'immense théâtre de Lope de Vega, *le Moulin* n'est peut-être pas l'œuvre où se trouvent les beautés les plus rares; mais, par la sagesse de la composition et du style, cette comédie est celle qui nous a paru le plus propre à initier nos lecteurs au génie du créateur de la comédie espagnole. C'est pour cela que nous avons cru devoir débuter par elle.

On sait que Shakspeare et Lope de Vega créèrent à la même époque, comme par un accord secret, chacun dans son pays, le drame romantique. Les personnes qui liront *le Moulin* après avoir lu *les Deux Gentilshommes véronais* seront frappées de l'analogie que présente, sur plusieurs points, la manière des deux poëtes dans leurs pièces d'invention. Ainsi, tous les deux, ils se permettent la plus grande latitude relativement à l'unité d'action, sans tenir aucun compte des unités de temps et de lieu; tous les deux, ils se jouent, avec la même aisance facile, et des préparations laborieuses et des scrupules timides; tous les deux, après avoir éveillé l'inquiétude du spectateur par les incidents les plus sérieux, ils font aboutir ces incidents à une issue heureuse. Il faudra noter cependant quelques différences essentielles entre le poëte du Nord et le poëte méridional. Si le premier pénètre plus avant dans les profondeurs du cœur humain, le second présente la série des événements sous un aspect plus vraisemblable; et, lorsqu'ils traitent la partie plaisante du drame, l'un se lance d'un vol plus hardi

dans le comique idéal, tandis que l'autre s'en tient plus volontiers au comique fondé sur l'observation.

Qu'il nous soit permis d'ajouter une autre remarque touchant les deux dramatistes. Bien que Lope de Vega n'indique pas l'époque précise à laquelle se passe l'action de sa pièce, il est évident, d'après plusieurs détails, qu'elle se passe au moyen-âge; néanmoins, il fait parler hardiment, à l'un de ses acteurs, de la conquête des Indes et de la Flandre par les Espagnols. L'on a reproché à Shakspeare plusieurs fautes pareilles; ainsi, par exemple (pour n'en citer qu'une seule), dans l'un de ses ouvrages les plus renommés, il fait aborder des vaisseaux en Bohême. Or, Lope de Vega, né vers le milieu du seizième siècle, ne pouvait pas ignorer en quel temps la Flandre et les Indes avaient été conquises; et, quant à Shakspeare, il était impossible qu'il n'eût pas appris, de façon ou d'autre, que la Bohême n'est d'aucun côté baignée par la mer. La conséquence de ceci est que les deux dramatistes auraient, selon nous, outragé avec préméditation la géographie et la chronologie. Certes, nous ne prétendons pas les en louer, car enfin la vérité est bonne à respecter jusque dans les fictions; mais on pourrait dire, ce nous semble, à leur excuse, que les deux poëtes ont été entraînés à ces erreurs volontaires par le sentiment du noble but de leur art. Comme ce géant de la fable qui ne devait conserver sa force qu'à la condition d'avoir toujours un pied sur la terre, ce n'est qu'en s'appuyant sur les idées, les passions et les goûts de ses auditeurs, que le poète dramatique peut se flatter d'agir sur eux et de les élever jusqu'à lui. Et quand Shakspeare montrait à son public de marchands et de navigateurs ces vaisseaux lointains, quand Lope vantait ces exploits de guerre à un peuple belliqueux, l'un et l'autre, sans doute, ils avaient l'intention d'exciter leurs compatriotes, par ces innocents mensonges, à des choses utiles et glorieuses.

Il ne faudrait pas conclure de ce que nous avons dit ci-dessus que la peinture des caractères, cette partie si importante du drame, ait été entièrement négligée par l'auteur du *Moulin*. Que l'on y suive avec attention le développement des deux personnages principaux auxquels le poète a voulu nous intéresser (le comte et la duchesse), et l'on y découvrira des traits, des passages, des scènes où se révèle le talent caractéristique d'un grand et habile maître.

Lope de Vega est célèbre en Espagne par le naturel parfait avec lequel il a peint les paysans, les mœurs rustiques. On s'aperçoit, dans un grand nombre de ses pièces, qu'il cherchait l'occasion de montrer son savoir-faire en ce genre. Ici il ne l'a pas manquée ; et, sous ce rapport-là seul, *le Moulin* serait, à notre avis, l'une de ses comédies les plus curieuses. Tamiro, le nouveau marié, le séducteur campagnard, vaniteux et volage, qui abandonne sa maîtresse pour épouser une autre femme et qui s'étonne d'abord que la première ait pu se consoler, est très bien... Melampo, l'amant délaigné, qui voit successivement deux rivaux mieux traités que lui par l'ingrate qu'il adore, et qui attend son tour dans une impatience mélancolique, est également bien dessiné... Le portrait de Laura est tracé avec une malice pleine de légèreté et de grace. Quant au vieux meunier Leridano, dont l'imagination saisit avec tant de finesse les rapports les plus délicats entre les choses les plus éloignées, et qui ne s'aperçoit pas de ce qui se passe au *Moulin* entre ses garçons et sa fille, il est le type curieux du paysan espagnol, plus contemplatif que sagace, plus poète qu'observateur.

Lope de Vega nous apprend dans son *Nouvel Art dramatique* (*El Arte nuevo de hacer comedias*) que le roi Philippe II se fâchait chaque fois qu'il voyait exposer des rois sur le théâtre. D'un autre côté, dans le même ouvrage, le poète théoricien fonde en partie la comédie nouvelle sur le mélange des personnes royales avec d'autres personnes moins considérables. Il avait donc à se garder soigneusement de mécontenter les puissants du siècle, tout en établissant sa Comédie. C'est pourquoi, la plupart du temps, il nous représente les rois comme des modèles accomplis de justice et de sagesse ; et quand il est forcé par son sujet de mettre en scène un roi ou un prince d'une vertu douteuse, il a recours à un expédient qui nous semble assez habile : il place près d'eux des confidents qui leur donnent de mauvais conseils, qui les excitent au mal, et qu'il rend par-là en quelque sorte responsables de la conduite de leurs maîtres. C'est ainsi qu'il a procédé dans *le Moulin*.

On connaît l'admiration des Espagnols pour le créateur de leur théâtre, qu'ils surnommèrent de son vivant *le phénix des beaux-esprits* et *le prodige de la nature*. Cependant, après avoir laissé perdre les trois quarts de ses œuvres, ils ont encore négligé toutes les recherches qui les eussent amenés à fixer la date de ses diverses compositions. Nous pouvons du moins, quant à cette pièce, avancer d'une manière certaine qu'elle appartient à la première moitié de la carrière dramatique du fécond Lope de Vega. *Le Moulin* se trouve dans une collection de douze comédies de notre auteur, publiée par Bernardo Grassa, à Saragosse, en 1604.

Damas-Hinard.

LE MOULIN

COMÉDIE FAMEUSE.

PERSONNAGES.

LE ROI.
L'INFANT.
LE COMTE PROSPERO.
VALERIO, } cavaliers.
RUFINO,
LERIDANO, vieux meunier.
MELAMPO, garçon de moulin.
TAMIRO, le nouveau marié.
ALBERTO, gentilhomme.
LA DUCHESSE CELIA.

THÉODORA, dame de la duchesse.
MADAME, DE FRANCE.
LAURA, fille de Leridano.
UNE COMPAGNIE D'ARQUEBUSIERS.
DEUX SOLDATS.
DEUX DOMESTIQUES.
UN PAGE.
UN HOMME.
VILLAGEOIS.

ACTE PREMIER.

SCÈNE I.

Un terrain devant une maison de plaisance.

Entrent L'INFANT et VALERIO.

VALERIO.

De grace, monseigneur, que votre altesse reprenne un peu de joie.

L'INFANT.

Laisse-moi, Valerio; ne me romps pas la tête... C'est à moi que l'on préfère le comte, vive le ciel!

VALERIO.

Celia, monseigneur, je le sais, correspond à vos sentiments; elle est touchée de vos soins; elle apprécie votre mérite... Une vaine jalousie vous abuse.

L'INFANT.

Tes consolations viennent trop tard. Il n'y a plus de remède qui soulage celui que le destin a frappé.

VALERIO.

Quoi donc! en seriez-vous là? Veuillez, je vous prie, m'écouter.

L'INFANT.

Par la vie du roi mon père! je lui donnerai la mort.

VALERIO.

Si c'était le comte Prospero qu'elle aimât, dans quel but la duchesse vous tromperait-elle? Pourquoi vous témoignerait-elle tant de reconnaissance de vos empressements? Car, enfin, n'est-elle pas libre d'aimer ou de haïr?

L'INFANT.

Comment! ces fantaisies ou ces faussetés ne se voient-elles pas à chaque instant chez les femmes?... N'osant pas repousser ouvertement mes hommages, elle me montre un visage serein et content; mais, au fond, c'est le comte qu'elle aime d'un véritable amour. Comme elle a de l'esprit, elle encourage en apparence mon assiduité; mais c'est au comte qu'elle a livré son âme en secret. Ne me contredis point, Valerio, j'en suis certain. Il y a long-temps que cette idée m'est venue; je n'y ai pas ajouté d'abord une foi entière par respect pour elle, par respect pour moi. Mais depuis que je l'ai vue elle-même, un soir, ici, remettre au comte une lettre, je crois ce que j'ai craint, et je crois ce qui est.

VALERIO.

Et que prétendez-vous?

L'INFANT.

Lui parler en ce lieu, Valerio.

VALERIO.

Vous l'avez donc envoyé chercher?

L'INFANT.

Il ne tardera pas à venir.

VALERIO.

Que comptez-vous lui dire?

L'INFANT.

Tout ce que ma jalousie m'inspirera.

VALERIO.

Quel est votre dessein?

L'INFANT.

D'obtenir qu'il renonce à ses prétentions, ou de le tuer s'il refuse. — Perfide comte Prospero! audacieux faucon qui m'as ravi ma tourterelle, je te ferai lâcher ta proie!

VALERIO.

Votre mal, monseigneur, est plus sérieux que je ne le pensais.

L'INFANT.

Il est cruel, terrible et incurable.

VALERIO.

Mais ne trouvez-vous pas que c'est vous abaisser que de vous porter aussi pour rival du comte?

L'INFANT.

Puisqu'il m'y a contraint, je demanderai satisfaction à ce traître, et au monde entier s'il le faut.

VALERIO.

Je lui parlerai.

L'INFANT.

Je ne le veux pas.

VALERIO.

Pourquoi cela, monseigneur?

L'INFANT.

Parce que la jalousie se guérit mal par le secours d'un tiers, et que j'entends que la mienne se cherche elle-même son remède.

VALERIO.

Puisque mon intervention vous déplaît, je m'abstiendrai.

L'INFANT.

C'est bien.

(Entre le comte Prospero suivi de deux domestiques.)

LE COMTE, *à ses domestiques.*

N'oubliez pas vos instructions et ne vous éloignez pas de moi.

PREMIER DOMESTIQUE.

Jamais nous n'avons été négligents pour votre service.

LE COMTE.

Si vous me voyez par hasard en danger, conduisez-vous en braves gentilshommes.

DEUXIÈME DOMESTIQUE.

Allez! si quelqu'un s'avise de vous offenser, quel qu'il soit, il n'y aura pas de loi qui nous retienne.

(Le comte s'approche de l'infant.)

LE COMTE.

Un page m'a commandé de votre part que je vinsse vous parler ici.

L'INFANT.

Oui, comte, et je vous attendais irrité.

LE COMTE.

Contre qui, monseigneur?

L'INFANT.

Contre vous, comte.

LE COMTE.

Ah! prince!

L'INFANT.

Il y a déjà trop long-temps que je ne trouve plus en vous ni la loyauté d'un vassal ni le dévouement d'un ami. Vous me trompez et me trahissez!

LE COMTE.

On vous a mal informé, on m'a calomnié auprès de vous... Je connais celui qui m'a desservi; il est à votre côté, et vive le ciel!...

VALERIO.

En vérité, comte, vous me récompensez bien mal d'avoir essayé de vous disculper et de vous défendre.

LE COMTE.

Vous!... Quand? où? comment?

L'INFANT.

Assez, cela suffit.

LE COMTE.

Si ce lieu où vous m'avez ordonné de venir vous joindre, est celui où vous imaginez que je vous ai offensé, — que ces fenêtres disent si jamais elles ont ouï mes soupirs et mes plaintes. Que Celia dise si jamais j'ai sollicité sa tendresse. Qu'un homme dise si jamais il m'a surpris causant avec elle.

L'INFANT.

La duchesse ne ferait pas tant de difficulté d'avouer cette liaison; elle ne nierait pas ce que vous niez, elle qui vous écrit des billets doux qu'elle vous rend elle-même. Sans doute elle se pique d'être plus fidèle que vous. — Quoi qu'il en soit, Prospero, à tort ou à raison j'ai conçu de la jalousie, et vous seul pouvez me rendre le repos. Il faut que mes tourments finissent, ou c'en est fait de votre vie.

LE COMTE.

Je ne regretterais pas de la perdre si cela importait à votre service.

L'INFANT.

Fort bien.

LE COMTE.

Si vous l'ordonnez, dès aujourd'hui je cesserai de lui parler et de la voir.

L'INFANT.

Je veux m'assurer de vous d'une manière
qui ne me laisse aucun doute.

LE COMTE.

Que désirez-vous donc?

L'INFANT.

Il convient pour que je sois complètement
désabusé, comte, que vous vous absentiez
pendant un an... Retirez-vous tranquille dans
vos terres. Vous n'êtes point riche, et le sé-
jour de la cour vous occasionne trop de dé-
penses... D'ailleurs vous vous y êtes fait
connaître suffisamment; le roi mon père
vous estime, et vous avez obtenu la considération des cavaliers et des dames... Éloignez-
vous donc en toute sécurité pendant le temps
que je vous ai dit, et comptez sur mon zèle
à augmenter votre fortune.

LE COMTE.

Si vous me donniez ces conseils par pure
bienveillance pour moi, monseigneur, je ne
balancerais pas à vous obéir; mais puisque
vous n'agissez ainsi que par mauvaise volonté
à mon égard, — souffrez que je ne m'expli-
que pas davantage, — il m'est impossible de
de me soumettre à ce que vous exigez...
Vous avez tout pouvoir pour m'honorer,
prince, mais non pas pour m'exiler... vous
n'êtes pas encore roi... Contentez-vous que
je m'engage à ne plus entretenir et à ne plus
voir Celia.

L'INFANT.

Ah! vous vous obstinez? Eh bien! je
m'obstinerai pareillement. Votre folie m'ôte
la raison... N'était-ce pas assez que de vous
témoigner mon désir, et que je vous pardon-
nasse le passé?... Infâme! lâche! homme
mal né!

LE COMTE.

Si vous n'étiez le fils du roi, je vous aurais
déjà répondu, j'aurais châtié vos injures.
Mais, malheureusement, vous n'êtes pas mon
égal.

L'INFANT.

Non! car si j'étais votre égal je ne serais
pas l'homme que je suis.

LE COMTE.

Il est souvent des hommes qui ne sont
que des femmes.

L'INFANT.

Quelle audace!... Et que me feriez-vous
si j'étais votre égal?

LE COMTE.

Je vous ferais tout le mal que je pourrais.

L'INFANT.

Sur ma foi! je suis tenté de descendre à
être votre égal, seulement pour voir ce que
vous me feriez.

LE COMTE.

Il ne serait pas bon pour vous d'essayer.

L'INFANT.

Eh bien! dès ce moment je dis que je ne
suis plus infant d'Espagne, que je renonce
aux priviléges de mon rang et que je me sou-
mets à la loi commune. À cette heure, songez à me répondre bien ou mal.

LE COMTE.

Vous n'êtes plus infant?

L'INFANT.

Non.

LE COMTE.

Qui êtes-vous alors?

L'INFANT.

Un simple gentilhomme comme vous.

LE COMTE.

Et vous dites que je suis un infâme, un
lâche, un homme mal-né?

L'INFANT.

Et je le dirai mieux encore avec cette épée
à la main.

LE COMTE.

Et moi alors je dis que vous mentez!
Voilà mon gant.

L'INFANT.

Insolent! — En garde!

LE COMTE.

J'y suis.

VALERIO, à l'infant.

Ne vous exposez pas, monseigneur.

L'INFANT.

Tiens-toi, Valerio.

(Les deux domestiques accourent.)

PREMIER DOMESTIQUE.

Frappons-le!

DEUXIÈME DOMESTIQUE.

Qu'il meure!

LE COMTE.

Je ne vous ai pas appelés.

L'INFANT.

Q'est ceci? vous paraissez devant moi vos
épées nues!

PREMIER DOMESTIQUE.

Nous pouvons même vous montrer qu'elles
sont bien affilées.

L'INFANT.

Quoi! vous parlez ainsi à l'infant?

DEUXIÈME DOMESTIQUE.

Vous aviez dit que vous ne l'étiez plus.

LE COMTE.

Retirons-nous, mes amis. Respect au fils
du roi!

(Le comte et ses domestiques sortent.)

VALERIO.

Voulez-vous que nous les poursuivions?

L'INFANT.

Rengaine ton épée, Valerio; je me vengerai plus tard, avant peu. Ah! vilain traître de comte! Il me le paiera.

LE VALERIO.

Qu'il n'ait pas au moins l'honneur de mourir de votre main.

L'INFANT.

Non, certes. — Vive Dieu! dans ma fureur je briserais mon épée contre ce mur.

(Entrent la duchesse Celia et Theodora.)

LA DUCHESSE.

Je sors, Theodora, toute agitée et troublée par je ne sais quel triste pressentiment.

VALERIO.

La duchesse vous aura sans doute entendu, car la voilà qui sort du jardin.

L'INFANT.

Je suis, Valerio, comme celui qui se réveille après un rêve pénible.

LA DUCHESSE.

D'où vient cette colère, prince? Les murs qui ferment la maison d'une femme honnête ne sont pas accoutumés à être frappés à coups d'épée. S'ils avaient espéré que, grace à vos bontés, ils seraient un édifice éternel, la manière dont vous les attaquez leur apprendrait à ne pas compter sur l'avenir.

L'INFANT.

Vous l'avouerai-je, madame? Je frappais ces pierres de mon épée, afin de m'assurer si vous n'y étiez pas. Vous avez été, pour mon malheur, formée d'un caillou si dur que l'acier est nécessaire pour tirer de vous quelque étincelle... Je disais tout à l'heure à Valerio que l'amour pénètre difficilement là où l'amour n'existe pas... Et comme mon amour m'y contraint, l'entrée qu'on me refuse, je m'essaie à l'obtenir par la force.

LA DUCHESSE.

D'après cela, ce que vous éprouvez ce n'est pas de l'amour.

L'INFANT.

Comment l'appellerez-vous alors?

LA DUCHESSE.

Obstination, folie et fureur.

L'INFANT.

Ces noms, il est vrai, peuvent se donner au feu qui me consume.

LA DUCHESSE.

On a bien raison de dire que la plupart des hommes n'aiment que par entêtement. Mais quand une femme a résisté aux instances d'un homme, s'il continue encore à s'acharner après elle, ce n'est plus, à mon avis, vouloir aimer, c'est vouloir vaincre.

L'INFANT.

Non, duchesse, ce n'est pas parce que je me suis mis en tête de vous conquérir que j'ai poursuivi cette entreprise. Non; c'est parce qu'une passion insensée, qui m'a privé de ma raison, me pousse vers vous aveuglément. Cette passion, elle n'est pas l'effet du hasard ou du caprice; je ne suis pas le maître de la diriger; c'est elle, au contraire, qui me domine. Et plût à Dieu qu'elle ne fût pas de l'amour, mais seulement de l'obstination! car je cesserais de vous servir, si cela était en mon pouvoir; et surtout en voyant qu'un autre a pris la place où j'aspirais.

LA DUCHESSE.

De quel autre parlez-vous?

L'INFANT.

D'un autre qui est plus que moi; car, quelle que soit ma qualité, je ne suis rien pour vous.

LA DUCHESSE.

Qui donc serait plus que vous, prince?

L'INFANT.

Qui! vous le savez : le comte, l'heureux comte Prospero qui est favorisé et qui l'emporte sur l'infant.

LA DUCHESSE.

Le comte Prospero?

L'INFANT.

Lui-même.

LA DUCHESSE.

Ah! prince!

L'INFANT.

Pourquoi feindre la surprise?

LA DUCHESSE.

Je sais que je ne puis rien vous prouver à cet égard, mais je puis cependant vous répondre... Ne faudrait-il pas que le comte fût doué par le ciel d'une manière miraculeuse, pour se faire distinguer d'un cœur auquel vous prétendez?... Oh! vraiment, voilà un galant bien redoutable, un aimable cavalier, un beau Narcisse!... Allez, c'est une impertinence à vous que d'être jaloux d'un fou comme lui.

L'INFANT.

Le comte n'est pas si fou que vous le dites, Celia; il le serait seulement si, moi, dédaigné, je lui inspirais la jalousie que lui m'inspire.

LA DUCHESSE.

N'était-il pas ici avec vous, le comte?

L'INFANT.

Quand?

LA DUCHESSE.

Tout à l'heure.

L'INFANT.

Mais... non.

LA DUCHESSE.

Ah! seigneur!

L'INFANT.

Non, madame, croyez-moi. Du moins je ne l'ai pas vu. Il peut se faire qu'il ait rôdé autour de votre jardin selon son habitude.

mais il ne s'est pas présenté à votre porte où j'étais. Toutefois, il m'est revenu une nouvelle qui me donne l'espoir que vous serez moins cruelle envers moi à l'avenir. — Votre comte est parti.

LA DUCHESSE.

Le comte?

L'INFANT.

Sans doute.

LA DUCHESSE.

Et... où s'en est-il allé?

L'INFANT.

Loin d'ici.

LA DUCHESSE, à part.

Hélas!

L'INFANT.

Je vous recommande le secret.

LA DUCHESSE.

Soyez assuré que je ne le trahirai pas. (à part.) Je le garderai au fond de l'âme, en demandant au ciel qu'il le ramène. (haut.) Et savez-vous s'il reviendra?

L'INFANT.

Cela me paraît difficile.

LA DUCHESSE, à part.

O Dieu!

L'INFANT.

Vous avez l'air affligé?

LA DUCHESSE.

Nullement. Loin de là; j'en suis bien aise. Son absence dissipera vos soupçons.

L'INFANT.

Qu'importe qu'il ait quitté ces lieux, s'il est toujours présent à votre souvenir?

LA DUCHESSE.

Alors même que j'aurais eu du goût pour lui, ce qui n'est pas, les femmes oublient vite dans l'absence.

L'INFANT.

C'est ce que l'avenir m'apprendra. Adieu, madame.

LA DUCHESSE.

Quoi! prince, vous vous retirez!

L'INFANT.

Oui, madame.

LA DUCHESSE.

Pourquoi si tôt?

L'INFANT.

L'honneur m'y oblige.

LA DUCHESSE.

Est-ce que ma maison, par hasard, vous déshonore?

L'INFANT.

Ce n'est pas cela, madame; mais un motif d'honneur me force à prendre congé de vous.

LA DUCHESSE, à part.

Je devine. Il s'agit du comte. Oh! si je pourrais le retenir! (haut.) Ne croyez pas, monseigneur, que j'aie le moindre regret du départ du comte.

L'INFANT.

Tant mieux, madame. Je vous salue.

LA DUCHESSE.

Autrefois je vous priais de vous éloigner; à présent... — restez, je vous prie.

L'INFANT.

Il faut que je vous laisse, madame. — A cheval, Valerio, à cheval!

(L'infant et Valerio sortent.)

LA DUCHESSE, appelant.

Monseigneur!

THEODORA.

Modérez-vous, madame.

LA DUCHESSE.

Tu ne vois donc pas ce qui se passe, Theodora! tu ne vois pas ce que l'infant médite contre le comte et contre moi?

THEODORA.

Que craignez-vous?

LA DUCHESSE.

Tous les malheurs à la fois.

THEODORA.

Comment cela, madame?

LA DUCHESSE.

Tout à l'heure, du haut de cette tour, j'ai aperçu notre mort.

THEODORA.

Votre mort! Que voulez-vous dire?

LA DUCHESSE.

Oui, notre mort; car j'ai vu le comte qui avait tiré l'épée contre le prince.

THEODORA.

Et après?

LA DUCHESSE.

Ses domestiques sont accourus le défendre.

THEODORA.

Et de quelle manière cela a-t-il fini?

LA DUCHESSE.

Ils ont pris la fuite, n'osant pas, sans doute, se compromettre davantage avec le fils du roi. — Ah! Theodora!

THEODORA.

Quelqu'un vient, madame.

(Entre le comte Prospero.)

LE COMTE.

Celia! Celia!

LA DUCHESSE.

O Dieu! Qui m'appelle?

LE COMTE.

Un malheureux qui revient vous voir du sein du trépas où sa disgrâce l'a plongé.

LA DUCHESSE.

Prospero!

LE COMTE.

Celia!

LA DUCHESSE.

Mon bien!

LE COMTE.

Mon amour!

LA DUCHESSE.

Ah! pourquoi vous exposez-vous à venir ici? Je ne serais pas, certes, plus effrayée alors même que je verrais mille glaives prêts à me frapper.

LE COMTE.

D'après ce que vous dites, je comprends que vous connaissez toute l'aventure. Et cela est juste; vous ne deviez pas l'ignorer.

LA DUCHESSE.

Qu'avez-vous fait?

LE COMTE.

Je n'ai pu me contenir; j'ai cédé à la colère et à l'honneur.

LA DUCHESSE.

Dites plutôt à une vaine fierté, plus forte chez vous que l'amour. Vous aviez donc oublié votre raison?

LE COMTE.

Hélas! oui, je le confesse; car, pour vous, je devais tout souffrir, je devais supporter patiemment toutes les injures, d'autant qu'elles ne m'atteignaient pas, tombées d'une bouche royale [1]. Mais je n'ai pas eu le temps de réfléchir et j'ai obéi aveuglément à mon honneur.

LA DUCHESSE.

Et maintenant que vous m'avez perdue, insensé, comment risquez-vous de vous perdre vous-même en venant me voir après avoir offensé le fils du roi? A peine s'il me quittait quand vous êtes arrivé.

LE COMTE.

Je suis mieux en sûreté contre lui en un lieu où je lui ai manqué. Il pensera sans doute que j'ai pris déjà la fuite; car le coupable ne se présente jamais là où il a commis le crime.

LA DUCHESSE.

Dans quel but venez-vous alors? quel est votre dessein?

LE COMTE.

De mourir.

LA DUCHESSE.

Oh! ne parlez pas ainsi.

LE COMTE.

Qu'ai-je encore à regretter, puisque vous m'ordonnez de partir? Qui m'attache à la vie si je vous perds?

LA DUCHESSE.

Ne songez-vous donc pas, méchant que vous êtes, que votre persistance me tue? Fuyez, Prospero; qu'attendez-vous?

LE COMTE.

Votre seule considération pourrait me décider à la fuite. C'est vous qui m'ôtez tout le courage, c'est vous qui faites de moi un homme faible et lâche. Je ne crains pas la mort, mais je vous aime. — Où ordonnez-vous que je me retire en attendant que cette fureur s'apaise?

LA DUCHESSE.

N'auriez-vous pas à votre disposition la maison d'un ami?

LE COMTE.

La vôtre ne pourrait-elle pas me servir d'asile?

LA DUCHESSE.

Vous y seriez bientôt découvert.

LE COMTE.

Ah! Celia!

LA DUCHESSE.

Le prince a gagné mes domestiques, et quelqu'un d'eux vous trahirait ou vous tuerait. Ma maison, d'ailleurs, isolée comme elle l'est, appartient plutôt à la campagne qu'à la ville; une fois entré, il vous serait impossible d'en sortir... Il convient que j'évite une rencontre funeste... Il vaut mieux que vous sortiez pour quelque temps du royaume, que vous alliez, non dans vos terres ou dans les miennes, mais en pays étranger. Je vous engage ma parole de n'être jamais l'épouse d'un autre; et quand même je ne vous reverrais plus, comptez que je suis à vous, à vous seul. — C'est vous-même, vous, comte, qui l'avez voulu.

LE COMTE.

Quelle cruelle consolation vous me donnez! Vous me montrez le ciel lorsque je suis dans l'abîme, Celia?

LA DUCHESSE.

Prospero!

LE COMTE.

Vous pleurez!

LA DUCHESSE.

Je ne suis qu'une femme, et les larmes me sont permises.

LE COMTE.

Je voudrais pouvoir vous imiter, mais jamais je n'ai pu pleurer. — Enfin vous m'exilez, vous m'ordonnez de renoncer à vous, au bonheur?

LA DUCHESSE.

Il le faut; il n'y a pas d'autre parti à prendre. Il sera possible que vous viviez, seulement quand nous serons séparés par la mer ou que nous aurons mis une grande distance entre nous. — En arrivant là-bas, vous m'écrirez.

---

[1] *Pues al rey no me agraviaba.* — Prospero veut dire par là que les princes du sang royal sont placés tellement au-dessus des gentilshommes, que leur conduite à l'égard de ces derniers ne peut jamais être une offense. Cette pensée, d'ailleurs fort subtile, était devenue éminemment espagnole sous les Philippe.

LE COMTE.

Vous n'avez pas besoin de recevoir de mes nouvelles, puisque vous consentez aussi aisément à mon absence.

LA DUCHESSE.

Ne me désolez pas, de grace!

LE COMTE.

Je me plains, voilà tout.

LA DUCHESSE.

Allons; il y a plus d'une heure que je suis sortie du jardin.

LE COMTE.

Quoi! vous me pressez de la sorte au moment où je vous quitte?... Qu'est ceci, Celia? votre impatience couvre quelque mystère.

LA DUCHESSE.

Fuyez, pour Dieu! fuyez au plus tôt. Je tremble que l'on ne vous trouve ici et que l'on ne vous tue à mes yeux... et j'en mourrais, Prospero... Oui, j'en mourrais; car ma vie est dans la vôtre, et je mourrais de votre mort, comme l'enfant qui est dans le sein maternel meurt en même temps que sa mère. — Allez, allez avec Dieu. J'ai l'espoir qu'un jour nous nous reverrons.

LE COMTE.

Permettez-moi donc, Celia, de vous embrasser pour la dernière fois.

LA DUCHESSE.

Oui, pour la dernière fois avant votre départ; car, après, comme je vous l'ai dit, je suis votre épouse à jamais.

LE COMTE.

Celia!

LA DUCHESSE.

Prospero!

LE COMTE.

Au moins, mon cher bien, souffrez que je vous en supplie... pendant ce long exil, vous ne m'oublierez pas, vous ne vous éprendrez pas d'un autre amour. Vous n'écouterez ni les soupirs du prince, ni ceux d'aucun cavalier, n'est-ce pas?

LA DUCHESSE.

Pouvez-vous le demander?

LE COMTE.

Ce n'est qu'en emportant cette assurance que j'aurai la force de m'éloigner.

LA DUCHESSE.

Je vous en donne ma parole. Recevez pour gage cette chaîne.

LE COMTE.

Recevez pareillement cet anneau.

LA DUCHESSE.

En l'acceptant, je vous promets d'être votre épouse pour la vie.

LE COMTE.

Adieu.

LA DUCHESSE.

Adieu. Suivez en vous en allant le mur de clôture.

THEODORA.

Adieu, comte.

LE COMTE.

Adieu, Theodora.

THEODORA.

Où allez-vous?

LE COMTE.

Je ne sais.

LA DUCHESSE.

Adieu, Prospero.

LE COMTE.

Adieu, Celia.

(Il sort.)

THEODORA.

Il me laisse toute émue.

LA DUCHESSE.

Hélas! quelle fâcheuse aventure! Le bonheur que j'entrevoyais, un moment me l'a ravi. — Rentrons, Theodora.

SCÈNE II.

Une salle du palais.

Entrent L'INFANT, VALERIO *et* DEUX SOLDATS.

L'INFANT.

Je m'abandonne en tout, Valerio, à tes conseils. Le comte est entreprenant et hardi, et je ne doute pas qu'il ne vienne lui parler en secret, à une heure indue. Il tombera entre nos mains, et il aura le châtiment que mérite sa folie.

VALERIO.

J'ai fait publier par un héraut, monseigneur, que votre désir et votre ordre sont que l'on coure sus au comte, et qu'à celui qui vous le livrera mort ou vif, vous donnerez les titres et les biens du traître. Vous pouvez compter, après cela, qu'on ne négligera rien pour le trouver. Mais il importe aussi de savoir si par hasard il écrit à Celia, et si elle lui répond. Pour cela, il faut que vous placiez des gardes aux environs de la demeure de la duchesse. A cet effet, je vous ai choisi ces deux braves soldats qui sont dignes de toute votre confiance. Je suis sûr d'eux comme de moi-même.

PREMIER SOLDAT.

Oui, seigneur Valerio, placez-nous où il plaira au prince. Vos créatures dévouées seront des sentinelles vigilantes. Ni la nuit ni la fatigue, rien n'endormira nos courages.

DEUXIÈME SOLDAT, *à l'infant*.

Je vous garantis, monseigneur, qu'il n'y aura jamais un de poste mieux gardé, et qu'avec le zèle que nous mettrons à vous servir en cette circonstance, vous parviendrez bientôt au comble de vos désirs.

L'INFANT.

Je me confie à votre dévouement et à votre valeur, et je me charge de vous récompenser.

VALERIO.

Allez, mes amis.

(*Les deux soldats sortent.*)

L'INFANT.

Eh bien ! Valerio, que t'en semble ?

VALERIO.

Que pour peu que cela dure, la duchesse vivra chez elle comme en un monastère.

L'INFANT.

Que dis-tu d'elle ?

VALERIO.

Qu'elle n'est pas aussi fâchée contre le comte qu'elle cherche à le paraître, qu'elle n'est pas insensible à son amour.

L'INFANT.

Oh ! je me vengerai !

VALERIO.

Soyez tranquille, nous l'aurons bientôt en notre pouvoir.

L'INFANT.

Tais-toi, voici mon père.

VALERIO.

Je soupçonne qu'il aura su quelque chose.

L'INFANT.

Qu'il me gronde ou qu'il me loue, peu m'importe.

(*Entrent le roi et Rufino.*)

LE ROI.

Qu'y a-t-il donc, infant ? Qu'est-ce donc que le héraut publie par votre commandement, que toute la cour en est en émoi ?

L'INFANT.

J'ai cru, sire, agir pour le mieux. Je ne m'attendais pas à recevoir de vous aucun reproche.

LE ROI.

Pourquoi voulez-vous que l'on coure sus au comte Prospero ?

L'INFANT.

Il est plus coupable que vous ne le pensez.

LE ROI.

Quoi donc ! parce qu'il aime une femme.

L'INFANT.

On vous a mal informé, on m'a nui méchamment dans votre esprit.

LE ROI.

Sortez.

L'INFANT.

Pour cela, non, tandis que vous êtes en colère.

LE ROI.

Sortez, vous dis-je.

L'INFANT.

Patience ! Je m'en irai pour ne pas vous irriter davantage.

VALERIO, *bas à l'infant.*

Vous feriez bien de vous retirer un moment de sa présence.

LE ROI.

Eh bien ?

L'INFANT.

Je m'en vais, sire. Je sortirai même de ce monde, si cela vous plaît, tant je vous suis soumis.

VALERIO.

Ne répliquez pas, monseigneur. Quelque mécontent qu'il soit, il est père et il s'apaisera.

(*L'infant et Valerio sortent.*)

LE ROI.

O jeune homme inconsidéré, sans frein, sans règle, et porté à tous les vices !... Persécuter ainsi un homme dont le père a servi le mien et m'a servi moi-même si noblement pendant tant d'années !... Non, je ne le souffrirai pas.

(*Entre un page.*)

LE PAGE.

Sire, voici une dame qui désire vous parler.

LE ROI.

Qui est cette dame ?

LE PAGE.

Elle s'appelle — l'épouse du comte.

LE ROI.

L'épouse du comte ?

LE PAGE.

Oui, monseigneur, c'est ainsi qu'elle a dit. Elle est voilée, et elle demande la permission d'entrer.

LE ROI.

Elle est seule ?

LE PAGE.

Oui, monseigneur.

LE ROI, *à part.*

C'est elle sans doute. Sa démarche annonce un grand amour. (*haut.*) Dis-lui qu'elle entre.

(*Le page sort.*)

RUFINO.

Mais, sire, votre majesté ne sait pas si cette femme mérite un tel honneur, si elle n'est pas quelque aventurière.

LE ROI.

Tu n'y es pas, mon cher. Tu ne devines donc pas que cette femme est celle que l'infant dispute au comte Prospero ?

RUFINO.

Je me range à votre avis. Votre majesté a
une pénétration...

(Entre la duchesse.)

LA DUCHESSE.

Bien qu'il soit très-hardi à moi, roi puissant, de me présenter ainsi devant vous, je
compte, pour mon excuse, sur la justice
et la clémence que le ciel a mises en votre
cœur royal. Que ma démarche trouve grace
devant vous! Si je ne suis pas encore mariée,
je suis aimée d'un homme que j'aime, et le
prince votre fils veut nous ôter l'honneur à
tous deux; et vous seul, monseigneur, pouvez le retenir... Je suis fille du duc Leonadio, qui est aujourd'hui vieux et infirme
après avoir long-temps combattu pour vous,
et avec gloire, sous le ciel brûlant des Indes
et dans le froid pays des Flamands. L'amour,
qui s'empare des cœurs en secret et sans
bruit, nous a liés l'un à l'autre pour jamais,
le comte Prospero et moi. S'il n'a pas de-
mandé ma main au duc, c'est qu'il en a été
empêché par la crainte que l'infant ne s'em-
portât à la mauvaise action dont en ce moment je l'accuse.

LE ROI.

Retenez vos larmes, madame. Les larmes
d'une femme sont des perles précieuses
qu'elle ne doit pas répandre généreusement
devant les hommes. — Pour ce qui est de la
justice que vous sollicitez, tranquillisez-
vous. Ce qui vous chagrine à cette heure se
changera bientôt en allégresse et joie. Je
crois ce que vous m'avez dit de mon fils, et
je suis satisfait du comte. Allez, je vous
promets de veiller sur sa personne avec autant de soin que sur moi-même.

LA DUCHESSE.

Que le ciel, monseigneur, garde votre
royale couronne! Lui seul peut vous récompenser de cette protection que vous daignez
accorder à la fille d'un loyal vassal qui vous
a toujours servi de son mieux.

(La duchesse sort.)

RUFINO.

Quelle taille charmante!

LE ROI.

Mille fois charmante; divine! Et j'avais
la prétention de me défendre de la regarder!

RUFINO.

Heureux le comte qui seul en sera le pos-
sesseur!

LE ROI.

Il n'est pas un coin de terre de ce côté-ci
de la mer que je n'aie parcouru en tous sens;
mais je n'ai jamais rien vu d'aussi parfait. —
Ah! mon ami, les beaux yeux! la belle
bouche! le beau front!

RUFINO.

Elle vous a donc plu?

LE ROI.

Au point que je cherche en vain à lutter
contre elle.

RUFINO.

Eh bien! qui vous empêche de vous décla-
rer?

LE ROI.

Je donnerais mon royaume pour une telle
conquête.

RUFINO.

Quoi! vous avez déjà conçu une passion si
forte?

LE ROI.

Oui, l'amour m'a vaincu. Il a mis en dé-
route les gardes qui défendaient mon cœur;
il m'a battu comme une tour ruinée, et il est
entré triomphant dans la barbacane[1]...
Vieillard à cheveux blancs, j'ai eu la faiblesse
d'un jeune homme. Je comprends qu'il l'aime,
qu'il en soit jaloux, et qu'il la poursuive
avec tant de persistance.

RUFINO.

Il faut que le feu qui vous embrase soit
venu enveloppé dans un éclair du ciel?

LE ROI.

Oui, en effet, ç'a été une espèce d'enchan-
tement, de magie. Cet amour a traversé mon
âme comme le soleil traverse le cristal et l'é-
claire de ses rayons brillants. — Hélas!

RUFINO.

Vous soupirez? — Eh! sire, au lieu de
vous tourmenter de ce mal, essayez plutôt
de le guérir. Si vous le voulez bien, vous y
trouverez avant peu un remède. Quel obstacle vous arrêterait, vous qui êtes roi?

LE ROI.

Tu n'estimes pas assez la duchesse. Si le
prince mon fils, qui est jeune, aimable et
bien fait, a été dédaigné pour le comte, que
pourrait espérer un pauvre vieux comme
moi?

RUFINO.

Si Achille était vaillant, Ulysse était rusé,
et la ruse d'Ulysse a eu plus de succès que
la valeur d'Achille. Suivez sans crainte, sire,
le penchant qui vous entraîne. Faites chercher le comte et donnez-lui la mort, puisque votre bonheur dépend de là! Mais non,
faites mieux: qu'on l'arrête par votre ordre,
et qu'on le retienne en prison jusqu'à ce
que, pour obtenir sa liberté, cette forteresse
imprenable se rende. Elle se rendra, sire,
n'en doutez pas.

LE ROI.

Ton idée me sourit.

[1] Ouvrage de fortification avancé.

RUFINO.

Confiez-vous à votre destinée.

LE ROI.

Je n'ai pas d'espoir autrement. — Voilà le jour qui luit. Allons chez le vieux duc. Sous prétexte de le voir, je verrai les beaux yeux qui m'ont charmé... Je suis plus fou que mon fils.

(Le roi et Rufino sortent.)

SCÈNE III.

Une campagne, une forêt, un moulin.

Entre LE COMTE PROSPERO en habits de laboureur.

LE COMTE.

O fortune! cruelle fortune! qui te joues sans cesse de la vie humaine, qui ne donnes qu'une joie trompeuse, qu'un bonheur qui s'enfuit comme un songe; — où conduis-tu mes pas incertains à travers ce pays inhabité? Où conduis-tu les pas d'un homme que ses disgraces ont exilé des lieux qu'il aimait?... Persécuté par un traître qui a pour lui la force et la puissance, je vais errant à l'aventure, entre la vie et la mort, ne sachant laquelle des deux j'ai le plus à désirer ou à craindre... Mais la mort ne tardera pas à l'emporter; car celui qui me poursuit disposant d'un immense pouvoir, il n'y aura pas un hameau inconnu, un désert ignoré qui puisse me soustraire à ses recherches... J'ai été obligé de fuir ma famille, seul, à pied; je n'ai pas voulu que l'on sellât mon cheval, j'ai refusé de me laisser accompagner par un page; je me suis flatté que peut-être ces bois et mon déguisement empêcheraient que je ne fusse découvert... Hélas! oui, sans doute je pourrai vivre ici avec plus de sécurité, je pourrai gémir à mon aise sur mon abandon au milieu de cette solitude silencieuse... Si, sortant de la forêt, je me hasarde jusqu'au bord de la rivière, de là, à ma Celia que j'adore, mes yeux pourront contempler au loin la maison par toi habitée; et le zéphyr léger m'apportera rapidement de tes nouvelles, et ma pensée s'élancera d'un mouvement plus facile vers les beaux lieux que j'ai perdus... O mon amie! permets à mon corps brisé par la fatigue de se reposer quelques instants sur la mousse des bois; et toi aussi, que ta douleur, s'il est possible, goûte enfin quelque repos.

(Il s'étend sur le gazon.)

(Entrent Laura et Melampo. Ils viennent de sortir du moulin. Melampo court après Laura en lui jetant de la farine.)

LAURA, s'arrêtant.

Attends-moi un peu, badin!

MELAMPO.

Attrape-moi si tu peux!...

(Melampo sort en courant.)

LAURA.

Oh! si je voulais!... cela ne me serait pas difficile, et en lui donnant de l'avantage encore, puisqu'on me disait l'autre jour que j'aurais vaincu à la course et la nymphe Atalante, et cette amazone sans pareille qui courait par-dessus un champ de blé sans courber les tiges des épis sous ses pas. — Que fait donc là ce laboureur couché sur la fougère, la tête appuyée dans sa main?... *(appelant.)* Holà! seigneur, holà! *(à part.)* Il ne m'entend pas... il ne dort pas cependant... Comme il paraît silencieux, et qu'il est pâle!... Sans doute il sera venu au moulin de quelque village des alentours, et je ne l'aurai pas vu entrer... Je m'en vais le réveiller d'une bonne manière.

(Laura jette au visage du comte une poignée de farine et de son.)

LE COMTE.

Au secours, saints du ciel! au secours! Je suis aveugle et j'étouffe.

LAURA.

Réveillez-vous, bon laboureur, et ne vous inquiétez pas. Réveillez-vous, — et levez-vous, — et regardez-moi.

LE COMTE, à part.

C'est donc vous qui m'avez joué ce tour?

LAURA.

Secouez la farine qui vous couvre, et vous verrez qui a badiné avec vous.

LE COMTE.

Si c'est cette main qui m'a jeté cela, je suis loin de m'en plaindre; je m'en félicite.

LAURA.

Pourquoi donc disiez-vous: « Je suis aveugle, j'étouffe?... » Il n'y a que les pourceaux qui s'étouffent dans le son.

LE COMTE.

Pour moi, c'était le plaisir qui m'aveuglait et m'étouffait; car ni mes yeux ne peuvent supporter l'éclat de votre aspect, ni mon sein ne peut contenir la joie qu'il me donne.

LAURA.

Eh bien! secouez donc votre farine.

LE COMTE.

Non pas! il convient que je reste taché de votre jolie main.

LAURA, à part.

Comme il parle bien! *(haut.)* Allons, flatteur, secouez la farine qui vous a blanchi.

LE COMTE.

Non, certes, ma belle; de cette façon je serai mieux déguisé.

LAURA, à part.

Ma belle! (haut.) De qui donc est-ce que vous vous cachez?

LE COMTE.

De la mort qui me poursuit. Mais à présent, par votre présence, vous m'avez rendu la vie, vous m'avez sauvé.

LAURA.

Mon Dieu! non. Je vous ai seulement marqué comme un meunier.

LE COMTE.

Si vous êtes meunière, je n'en suis pas fâché.

LAURA.

Oui, je suis de ce moulin qui est proche.

LE COMTE.

Je ne l'avais pas encore aperçu.

LAURA.

Et, qui mieux est, j'y suis née.

LE COMTE.

Seriez-vous la fille du maître?

LAURA.

Oh! que non! le maître est bien d'une autre étoffe que nous. — Je suis la fille de celui qui le dirige et qui l'a pris à ferme pour un an. — Tout ce que vous voyez ici, à droite et à gauche, devant vous et derrière vous, tout appartient au duc Leonadio et à la duchesse Celia, depuis la forêt jusqu'au batardeau.

LE COMTE, à part.

Sa maîtresse est aussi la mienne; et, en effet, il n'en est pas au monde une autre qui l'égale... C'était un secret pressentiment qui me poussait dans ce chemin.

LAURA.

Je m'en retourne voir la farine. Vous faut-il quelque chose au moulin?

LE COMTE.

Un moment, attendez.

LAURA.

Que me voulez-vous?

LE COMTE.

Que vous daigniez écouter un mot de moi pour me dédommager de votre espièglerie!

LAURA.

Je veux bien, si vous êtes réveillé des soucis dans lesquels vous étiez comme endormi tout à l'heure.

LE COMTE.

Oui, je suis réveillé; car le soleil qui brille dans vos yeux a dissipé les ténèbres au milieu desquelles mes sens étaient plongés. Oui, je suis réveillé et content, car je songeais péniblement que je naviguais sur une mer orageuse, ballotté par la tempête; et, à mon réveil, grace à vous, je trouve le port que je souhaitais.

LAURA.

Vous me dites là des choses trop belles. Vous avez tout-à-fait le langage d'un courtisan.

LE COMTE.

Cependant je n'aime guère la cour, et si je la connaissais, je ne voudrais pas y remettre le pied. — Dites-moi; votre père a-t-il ici quelqu'un qui le serve?

LAURA.

Oui.

LE COMTE.

Combien de gens?

LAURA.

Il avait deux garçons, mais l'un deux s'en est allé l'autre jour se marier.

LE COMTE.

Oui-dà?

LAURA.

Malheureusement.

LE COMTE.

Comment donc?

LAURA.

Je lui avais donné ma vie, et il m'a laissée là... L'amour le plus tendre s'oublie... Il n'y a rien qui dure en ce monde.

LE COMTE.

Vous auriez voulu l'épouser?

LAURA.

Je l'avais espéré.

LE COMTE.

Hélas! que mon sort ressemble au vôtre! Il y avait aussi, dans mon endroit, une jeune fille avec qui je pensais à me marier.

LAURA.

Elle vous a trahi, n'est-il pas vrai?

LE COMTE.

Eh oui!... c'est-à-dire qu'un maître berger, qui était plus riche que moi, me l'a enlevée.

LAURA.

Il n'y a pas là de quoi tant vous affliger si elle a renoncé à vous par pure force. Il n'en est pas de même, hélas! de mon amoureux.

LE COMTE.

Pour Dieu! ma gentille meunière, ne le pleurez donc pas.

LAURA.

Oh! je ne suis pas comme j'étais; mon chagrin a bien diminué. Quand j'ai appris qu'il me quittait, j'ai été bien triste; mais à présent que c'est fait, je commence à me remettre. Je chante et je pince de la guitare, je ris et je m'amuse. Ne m'avez-vous pas vue tout à l'heure, comme je jouais avec l'autre garçon, et comme nous nous jetions de la farine?... Puis, quand même, je ne voudrais pas avoir l'air de prendre cela à cœur...

LE COMTE, *à part.*

Quand il s'agit d'amour et de fierté, la dernière des paysannes en sait autant qu'une grande dame.

LAURA.

Que dites-vous là entre les dents?

LE COMTE.

Que vous êtes vraiment charmante et qu'il faut que vous me fassiez un plaisir.

LAURA.

Lequel?

LE COMTE.

Celui de me dire votre nom.

LAURA.

Mon nom, nom surnom et tout, cela ne fait qu'un mot : Laura, pas davantage.

LE COMTE.

Il n'en est pas de plus gracieux.

LAURA.

Vous ne dites jamais ce que vous pensez, vous autres hommes.

LE COMTE.

Je suis sincère, moi. Je vous aimerais bien si vous vouliez. Et pour vous prouver que je parle sérieusement, si cela vous plaît, je servirai votre père à la place de celui qui s'en est allé, et je vous donnerai mon cœur.

LAURA.

Je réponds, oui, pour la première offre. Si vous voulez servir mon père, je m'emploierai de manière qu'il vous accorde votre demande.

LE COMTE.

Et pour la seconde?

LAURA.

Vous vous moquez.

LE COMTE.

Non pas.

LAURA.

D'où êtes-vous?

LE COMTE.

D'ici près, de Belmirar [1].

LAURA.

Je connais bien l'endroit; j'y vais à la fête.

LE COMTE.

Et, de plus, je suis à vous.

LAURA.

Finissez, railleur, vous me trompez.

LE COMTE.

Plaise à Dieu qu'ils l'ignorent, ceux qui veulent me tuer!

LAURA.

Qui est-ce donc qui veut vous tuer?

LE COMTE.

Vos yeux dont les flèches me percent le cœur à chaque instant.

LAURA.

Si vous continuez, vous me ferez rire à la fin.

LE COMTE.

Ce ne serait pas bien à vous.

LAURA.

Allons, que je vous emmène. Mais comment vous appelez-vous?

LE COMTE.

Mon nom ressemble à celui de mardi, qui n'est pas plus disgracié que moi [1].

LAURA.

Ah! vous vous vous appelez Martin?

LE COMTE.

Justement. — Et je m'engage à servir votre père aussi fidèlement que Jacob servit pour Rachel; — et je n'aurai pas moins de constance que lui.

LAURA.

Je ne vous crois pas une syllabe; mais c'est égal, venez.

LE COMTE.

Vous aurez meilleure opinion de moi si je reste au moulin.

LAURA.

Je cours avertir mon père.

(Laura sort.)

LE COMTE.

Hélas! quelle folie ou quelle destinée que la mienne! Je suis réduit à demander au ciel qu'il permette que je sois favorablement accueilli par le meunier... Chez lui, du moins, je serai si bien déguisé par mes nouveaux habits et par la farine, que je pourrai voir et entretenir sans péril ceux qui me persécutent... Mais quand les choses se seront un peu calmées, je verrai aussi ma Ceba; car sans elle tout est malheur, et tout est bonheur avec elle.

[1] Comme s'il disait : de Bellevue. Il y a vingt villages en Espagne qui portent ce nom.

[1] *Het martes luega harta parte / que me deshace en did.*

Le mardi, en Espagne, passe pour un jour néfaste, comme, chez nous, le vendredi.

ACTE DEUXIÈME.

SCÈNE I.

Une campagne devant le moulin.

Entrent MÉLAMPO *et* TAMIRO.

TAMIRO.

Comment est-il possible qu'elle en soit déjà venue là avec lui?

MÉLAMPO.

Je te dis qu'elle s'est enamourée de lui à tel point qu'elle en a perdu l'esprit.

TAMIRO.

Elle m'a eu bientôt oublié.

MÉLAMPO.

Toutes les femmes sont les mêmes.

TAMIRO.

Ce n'est pas l'embarras, je n'ai rien à lui reprocher. Je me suis marié, contre son gré, avec Balisa; c'était un motif suffisant pour qu'elle ne pensât plus à moi. Je ne puis me plaindre qu'elle en aime un autre par désespoir.

MÉLAMPO.

J'entends bien que cela la disculpera avec toi; mais avec moi elle n'a pas d'excuse. Toi parti et marié, c'était moi qu'elle devait écouter. Voilà deux ans que je l'aime; et, après m'avoir si long-temps détesté pour toi, elle aurait dû recevoir mes vœux, et non pas me dédaigner encore pour un homme arrivé d'hier. — L'ingrate qu'elle est, elle me le préfère, elle le chérit, elle l'adore, — et j'en mourrai.

TAMIRO.

Depuis quand est-il au moulin?

MÉLAMPO.

Il y a un mois environ qu'il est tombé à la maison, pour mon malheur.

TAMIRO.

Comment s'appelle-t-il?

MÉLAMPO.

Martin.

TAMIRO.

D'où est-il?

MÉLAMPO.

De Belmirar.

TAMIRO.

Est-il bien?

MÉLAMPO.

Beaucoup trop bien, ma foi, hélas! — C'est un homme qui donnerait de la jalousie, non

pas seulement à des paysans, à des laboureurs, mais aux plus beaux seigneurs de la cour. Avec sa casaque de grosse bure, il est si bien fait et il a de si bonnes manières que, par moments, je suis tenté de croire qu'il est un grand personnage. Il est bien de figure, il est poli; il joue de la guitare en perfection, et il danse comme un maître. Puis il lance la barre à une lieue[1]; et s'il monte sur un cheval, il le fait si bien galoper ou voler que l'on dirait un oiseau. Puis il est fort comme un taureau, léger comme une chèvre, et il parle avec une grace telle que chaque mot qu'il dit vaut son pesant d'or. — Quand je considère tout cela, moi-même je suis prêt à excuser Laura.

TAMIRO.

S'il est tel que tu me le dépeins, mon rival, je ne lui en veux plus. Et si un homme qui ne le connaît pas l'aime sur sa réputation, je disculpe la femme qui le connaît et qui l'aime. — Tiens, Mélampo, d'amitié, souffre patiemment ta peine, puisqu'elle te laisse pour un qui vaut mieux que toi.

MÉLAMPO.

Je devrais sans doute me consoler de ce qu'elle me laisse pour un autre qui est plus digne d'amour, mais la jalousie que j'en ressens m'en empêche. Au contraire cette raison-là même augmente mon tourment, parce que, s'il n'était pas si aimable, je pourrais mieux espérer qu'elle se fatiguerait de lui plus aisément et qu'elle m'aimerait à mon tour.

(*Entre Léridano.*)

LÉRIDANO.

Où est donc Tamiro?

MÉLAMPO.

Voici Léridano qui te cherche.

LÉRIDANO.

Ah! ah! te voilà, mon galant! Sois le bien-venu.

TAMIRO.

Oh! not' maître[2]!

[1] La barre est une barre de fer longue d'environ deux pieds et de la grosseur du bras. — Il est souvent question de ce jeu, qui pourrait bien être d'origine romaine, dans les anciennes chroniques et dans les vieilles romances espagnoles.

[2] M. de Chateaubriand a remarqué avec raison (V. le *Dernier Abencerage*) qu'en Espagne, en général, la langue du paysan est la même que celle du grand seigneur. Cependant, menant sans parler des dialectes ou patois provinciaux, les paysans espagnols ont certaines

LEBIDANO.

Tout le monde, à la maison, était en peine de toi. Il y a un mois qu'on ne sait plus de tes nouvelles. Parce que te voilà marié, ce n'est pas une raison pour oublier ainsi tes maîtres. — Mais comment va ta femme ?

TAMIRO.

Bien, not' maître, à votre service.

LEBIDANO.

C'est un bon métier, n'est-ce pas, et commode, que de ne pas travailler ?

TAMIRO.

Un mois, — ce n'est pas trop. — Mais, pour cela, je ne vous ai pas oublié, et, en preuve, c'est que je vous apporte un sac d'olives.

LEBIDANO.

Tu les as cueillies ?

TAMIRO.

Eh ! non, c'est de la dot.

LEBIDANO.

Très bien, très bien, par Dieu !

TAMIRO.

... Et un autre de bons glands [1].

LEBIDANO.

À merveille, mon garçon ! — Allons, viens çà ; je veux que Laura te voie avec ton chapeau et ta veste neuve.

(Entre Laura.)

MELAMPO.

Il n'est pas besoin de l'aller trouver, la voici qui vient.

TAMIRO.

Bonjour, Laura.

LAURA.

Ne m'approche pas.

LEBIDANO.

Elle est toute troublée de te voir avec tes habits de gala.

TAMIRO.

Tu ne veux donc pas m'embrasser ?

LAURA.

Moi, que j'embrasse des hommes mariés !

LEBIDANO.

Allons, fillette, pas de façons.

TAMIRO.

Oublie, je t'en prie, nos querelles passées Je n'en suis pas moins sûr pour cela. À présent, je t'aime uniment et de bon cœur ; et je t'apporte deux cruches pleines de miel et de confitures, ainsi qu'un fromage tout entier.

LAURA.

Il faut donc absolument que je t'embrasse ? *(bas à Tamiro.)* Je te déteste.

TAMIRO.

Embrasse-moi, Laura. *(bas à Laura, en l'embrassant.)* N'aie pas peur, je ne te serrerai pas trop fort.

(Entre le comte.)

LE COMTE, *à Melampo.*

Que Dieu les bénisse !

(Elle lui donne le baiser de bienvenue.)

MELAMPO, *au comte.*

« Qui bien aime, tard oublie. »

LE COMTE.

Le proverbe a été fait exprès pour eux.

TAMIRO.

Ne serait-ce pas là, par hasard, Martin, le nouveau garçon ?

LE COMTE.

Oui, c'est moi-même.

TAMIRO.

Je suis votre affectionné.

LE COMTE.

Moi, je suis votre serviteur.

TAMIRO.

Vive Dieu ! vous avez l'air robuste.

LE COMTE.

Mais je le suis passablement. Je soulève sans peine un bon sac. Si vous voulez parier avec moi un réal, ou si quelqu'un ici veut parier pour vous, je vous donne deux pas d'avantage à la barre ou à la pierre.

TAMIRO.

Il y a un mois que je vous en aurais donné trois, et non pas deux ; mais, à présent, je ne pourrais pas soulever une paille.

LE COMTE.

Comment ! un mois de mariage vous aurait affaibli à ce point ?

TAMIRO.

Je ne me sens plus la même vigueur. Cela vous change bien un homme d'entrer en ménage !

LEBIDANO, *au comte.*

En voilà assez, Martin. Ce n'est pas le moment de discourir. Les sacs sont-ils chargés ?

LE COMTE.

Nous en avons six sur trois mules. À qui dites-vous qu'ils sont destinés ?

LEBIDANO.

À la duchesse Celia.

LE COMTE.

Je n'ai pas autre chose à faire qu'à les remettre en sa maison ?

LEBIDANO.

Rien de plus. — Venez, mes enfants, l'heure du dîner se passe. — Melampo, cours dire que l'on apprête la table.

---

manières de dire qu'on ne retrouve pas dans les classes élevées. Telle serait l'espèce d'édition que le texte présente ici : *Nuestro para nuestro amo,* et que nous avons reproduite fidèlement.

(1) Il y a en Espagne des glands qui ont un goût assez semblable à celui de nos marrons et qu'on mange crus ou rôtis.

MÉLAMPO, *avec dépit.*

Oui, pour célébrer l'arrivée de Tamiro!

(Mélampo sort.)

LERIDANO.

Il ne cessera jamais de grogner. — Marchons, Tamiro; nous avons à causer ensemble.

TAMIRO.

Je ne hais pas de causer en mangeant.

(Leridano et Tamiro sortent.)

LAURA.

Eh bien! où en sommes-nous?

LE COMTE.

Je m'en vais.

LAURA.

Attends un moment.

LE COMTE.

Non, je pars.

LAURA.

Je t'en prie, Martin, tourne un peu les yeux vers moi. Ce sont deux flambeaux qui m'éclairent.

LE COMTE.

Tu ferais mieux de dire deux ruisseaux qui doivent pleurer mes ennuis.

LAURA.

Qu'as-tu donc?

LE COMTE.

Dieu le sait, car je t'ai trouvée embrassant un homme qui a été ton bon ami. Je viens de m'assurer par expérience que l'on n'oublie jamais ce que l'on a aimé pendant un temps.

LAURA.

Ne te plains pas, mon cher bien. Je ne l'ai pas aimé, tant s'en faut, comme je t'aime. Et puis cette faveur n'en était pas une en réalité. Je l'ai embrassé malgré moi.

LE COMTE.

Qui t'y a contrainte?

LAURA.

Mon père.

LE COMTE.

Dis-tu vrai, au moins?

LAURA.

Il me l'a ordonné.

LE COMTE.

Tu pouvais t'en défendre. — Mais non, tu as préféré l'embrasser à mes dépens. Vous autres femmes vous aimez toujours ceux qui vous méprisent.

LAURA.

Quoique je n'aie pas d'esprit, je ne suis pas si accommodante.

LE COMTE.

Je te connais bien, Laura. Il t'aura ensorcelée avec son chapeau de feutre et sa veste neuve.

LAURA.

Oui, il y avait bien là de quoi m'émouvoir! Je ne suis pas une enfant, et j'ai déjà vu des nouveaux mariés aussi bien mis. D'ailleurs, j'aime bien mieux ta casaque blanchie de farine que sa veste brodée de damas et de camelot. — Allons, mon ame, si tu ne veux pas me désoler, ne me boude plus et embrasse-moi.

LE COMTE.

Il est impossible de te résister.

(Le comte et Laura s'embrassent.)

LAURA.

Ah! Martin, que tu es gentil!

LE COMTE, *à part.*

O Celia! pardonne-moi!

LAURA.

Il paraît que tu es encore fâché? Tu ne me regardes pas.

LE COMTE.

C'est que je suis si malpropre que j'en suis tout honteux. Un autre jour, j'espère, tu me verras habillé plus proprement et partant de meilleure humeur.

LAURA.

Hélas! ma destinée voulant que j'aime qui me déteste, je ne doute pas qu'il ne m'arrive encore un nouveau et plus grand malheur. Marie-toi, ingrat, marie-toi; j'en aurai du chagrin, sans doute, mais j'ai déjà appris à pleurer sur cette espèce de disgrace. Je ne croyais pas cependant que tu m'abandonnerais si tôt.

LE COMTE, *à part.*

Il faut pourtant qu'elle me laisse aller voir Celia; mais pour cela il me faut lui témoigner plus d'amitié. *(haut.)* Allons, ma Laura, ne te chagrine pas, ne pleure pas, et que tes yeux reprennent leur éclat et leur sérénité. Songe que je suis sur mon départ et que je ne veux pas te quitter fâchée contre moi.

LAURA.

Je suis contente, ô Martin! s'il te plaît que je le sois. Mais, je t'en conjure, ne me parle plus d'un homme que j'abhorre, dont je maudis le nom, dont la vue m'est odieuse et dont je souhaite la mort. Pourquoi en serais-tu jaloux? De même que l'eau qui a passé ne revient plus au moulin, de même un amour oublié ne retourne jamais dans un cœur. Je suis à toi à l'avenir, et l'amour que j'ai eu pour un autre n'aura servi qu'à m'apprendre à mieux t'aimer.

LE COMTE.

Je te crois en tout, Laura, et je te quitte. Si je suis si pressé, c'est afin de te revoir plus promptement. Dis-moi, que veux-tu que je t'apporte de la ville?

LAURA.

Tu y vas donc?

LE COMTE.

Ton père m'a commandé de transporter cette farine chez la duchesse.

LAURA.

Mon père ne cesse pas de t'envoyer en commission.

LE COMTE.

Ton père a raison, s'il pense que tu dois être à la fin le prix de mes services.

LAURA.

Mon cœur me dit que ce voyage me causera de la peine.

LE COMTE.

Comment cela?

LAURA.

Parce que tu vas là-bas pour y trouver quelque femme.

LE COMTE.

Quelle idée! Je vais tout bonnement porter cette farine à la duchesse.

LAURA.

Ce ne serait pas un miracle, Martin, que tu fusses épris d'elle: on dit qu'elle est belle à ravir. Fais en sorte de ne pas la voir.

LE COMTE, à part.

Il ne manquerait plus que cela. (haut.) Il faut enfin que je parte; les trois mules et le roussin sont chargés et s'impatientent.

LAURA.

Ne la regarde pas au moins, Martin.

LE COMTE.

Sois tranquille. Et je tâcherai également de n'être pas aperçu de certaines gens qui rôdent autour de sa maison.—Mais que t'apporterai-je?

LAURA.

Je ne sais pas trop... J'y pense... Tiens, une jolie paire de souliers.

LE COMTE.

C'est bon. Adieu, Laura.

LAURA.

Adieu, Martin.

LE COMTE, à part.

O Celia! je vais te voir!

(Le roussin et Laura sortent.)

SCÈNE II

Un chemin devant la maison de la duchesse.

Entrent L'INFANT, et VALERIO.

L'INFANT.

Eh bien! Valerio, puisque le comte ne reparaît plus, j'ai envie d'user du stratagème que tu as imaginé.

VALERIO.

Quand l'amour présente des dangers, il est des hommes prudents qui préfèrent la vie à ses plaisirs périlleux. Le comte a de l'esprit, du bon sens, et probablement il aura pris le parti le plus sage, celui de fuir. Maintenant sans doute il est à mille lieues de nous. Il serait inutile d'envoyer à sa recherche. Employons la ruse, et je crois qu'elle réussira. Puisque vous approuvez mon projet, ne tardons pas davantage à l'exécuter. Faisons venir le comte supposé, et qu'il passe devant la porte de Celia, emmené par ses gardes. Elle sera désolée, désespérée, et souvent une grande douleur a rendu les cœurs féminins moins farouches. Que si cela ne suffit pas, nous mettrons cet homme à mort pour achever de l'adoucir. Nous le pouvons hardiment, car c'est un malfaiteur dont les crimes ont mérité mille supplices. Et quand le comte ou celui qu'elle prendra pour le comte ne sera plus, je vous réponds presque du succès. L'histoire nous présente une infinité d'exemples de femmes qui ont aimé ceux qui avaient tué leur amant.

L'INFANT.

Très bien, Valerio! — Heureux celui qui, comme moi, confie ses projets à l'homme avisé dont la sagesse peut changer une mauvaise étoile en une étoile propice! C'est l'heure où Celia, d'ordinaire, se montre à son balcon. Crois-tu qu'elle tarde?

VALERIO.

Non, monseigneur; et si vous le désirez, nous pouvons l'y attirer nous-mêmes en exécutant notre dessein.

L'INFANT.

Appelle donc la troupe et qu'elle défile sous les fenêtres de Celia en poussant des cris, le faux comte au milieu d'elle.

VALERIO.

Les voici qui arrivent. Ils étaient prêts et ils ont leurs instructions.

L'INFANT.

Le comte passera au milieu d'eux?

VALERIO.

Oui, monseigneur.

L'INFANT.

Ils iront tambour battant, mèche allumée?

VALERIO.

Oui, monseigneur.

L'INFANT.

A merveille, Valerio!

VALERIO.

Les voici. Vous allez voir comme ils joueront leur rôle.

(Entre une compagnie d'arquebusiers conduisant un homme enveloppé dans son manteau.)

LE COMMANDANT.

En avant! par ici?

PLUSIEURS ARQUEBUSIERS.

Marchons! marchons!

LE COMMANDANT.

Prenez bien garde que le prisonnier ne vous échappe!

PLUSIEURS ARQUEBUSIERS.

Nous le tenons!

L'INFANT.

Ah! mon cher Valerio, quelle reconnaissance je te dois! — Demeure ici pour voir le succès de ton invention. — Où est mon cheval?

VALERIO.

Je l'ai attaché là-bas par le bridon aux branches d'un arbre.

L'INFANT.

Adieu; je te laisse.

(L'infant sort. Les arquebusiers s'éloignent peu à peu. La duchesse Celia et Theodora paraissent à une fenêtre.)

THEODORA.

Arrivez, madame, arrivez donc vite; vous verrez un bataillon de gens armés.

LA DUCHESSE.

Je viens tout émue, Je me sens d'une pâleur... et mon cœur bat avec une violence!... Que signifie cette troupe allant ainsi comme au combat?

THEODORA.

Ils emmènent un prisonnier.

LA DUCHESSE.

Ah! Theodora, si c'était le comte!

THEODORA.

Que dites-vous, madame?

LA DUCHESSE.

Je soupçonne... je suis sûre que c'est le comte!

LE COMMANDANT.

En avant!

LES ARQUEBUSIERS.

Marchons! marchons!

(La compagnie d'arquebusiers et l'homme qu'ils emmènent sortent.)

LA DUCHESSE, à Valerio.

Ah! seigneur cavalier!

VALERIO.

Que vous plaît-il, madame? Si je puis servir en quelque chose votre seigneurie, je me tiens à vos ordres.

LA DUCHESSE.

Je vous supplie avec instance, comme étant celle que je suis, de m'attendre un moment.

VALERIO.

Volontiers, madame.

LA DUCHESSE.

Je descends.

(La duchesse et Theodora se retirent de la fenêtre.)

VALERIO.

Elle descend me parler... Elle s'imagine sûrement... — son trouble m'empêche d'en douter, — que cet homme est le comte... Elle s'adresse bien pour avoir des renseignements!

(Entrent la duchesse et Theodora.)

LA DUCHESSE.

Ne dis-tu pas que c'était Valerio?

THEODORA.

Oui, madame, je le crois, autant que j'ai pu le reconnaître.

VALERIO.

C'est moi, madame, qui vous ai parlé tout à l'heure. Et puisque vous n'êtes pas insensible, à ce que j'imagine, à la prospérité du prince mon seigneur, et que vous vous intéressez à ce qui peut lui arriver d'agréable, je vous annonce que désormais il doit vivre heureux et content.

LA DUCHESSE.

Que lui est-il donc arrivé d'agréable? De grace, expliquez-vous.

VALERIO.

Cet homme que vous venez de voir emmener prisonnier est son plus mortel ennemi, dont vous savez le crime mieux que personne. Cet homme, c'est le perfide comte que vous aimiez tandis qu'il vous trompait; le comte qui se vantait à la cour des faveurs que sa feinte tendresse obtenait de vous; le comte qui rétablira bientôt votre honneur en périssant sur l'échafaud. La troupe qui vient de passer ici l'a trouvé sur la frontière, endormi au pied d'un arbre. Il avait sur lui un poignard et une épée, avec quoi, s'il eût été éveillé, il aurait peut-être essayé de se défendre. Mais je ne pense pas qu'il s'y fût risqué, parce qu'il n'a guère de cœur que sur la langue... Enfin nous l'avons en notre pouvoir, et, avant demain, il aura cessé de vivre... Voyez, madame, si vous auriez à me charger de quelque chose pour le prince, que j'ai laissé près d'ici ignorant encore l'aventure, et à qui j'ai hâte d'aller annoncer cette nouvelle.

LA DUCHESSE.

Puisse-t-il vous en récompenser dignement, Valerio!

VALERIO.

Puisse le ciel, madame, vous accorder la gloire que je vous souhaite!

LA DUCHESSE.

Allez, Valerio, allez!

VALERIO.

Je cours, madame.

(Valerio sort.)

LA DUCHESSE.

L'infâme !...—Oh ! si je n'avais été obligée de dissimuler mon tourment, je ne sais pas de quoi je n'aurais pas été capable. J'aurais de mes mains donné la mort à ce vil messager, et ensuite à son maître, à mon tyran. Oui, Theodora, avec l'aide seulement d'une épée et de ma fureur, tu m'aurais vue accomplir l'action d'une vraie Espagnole. Oui, Theodora, j'ai un cœur, j'ai un courage à leur enlever leur prisonnier, dût l'univers s'y opposer !... Et pourquoi ne le tenterais-je pas, ce coup hardi ? qui m'arrête ?

THEODORA.

Non, madame, demeurez. Que la folie que vous inspirent votre désespoir et votre amour ne vous fasse pas perdre une réputation si bien conservée jusqu'à présent. Songez d'ailleurs, madame, qu'il est impossible que les choses en soient venues au point que vous craignez. Ne vous souvenez-vous pas que le roi vous a dit au palais, et qu'il vous a répété ici même, quand vous le reconduisiez, qu'il se chargeait de veiller sur le comte ?

LA DUCHESSE.

Tu as raison, Theodora, et tu dissipes ma crainte. L'amour que le roi a conçu pour moi soutient encore mon espoir. Tandis que je règne en son cœur, le comte est en sûreté.

(*Entre le comte. Les soldats le retiennent.*)

LE COMTE.

Laissez-moi donc entrer. Je vous jure que je suis attendu à la maison.

LA DUCHESSE.

Qu'est ceci ?

PREMIER SOLDAT.

C'est ce vilain qui veut se jouer de nous.

LA DUCHESSE.

Vous êtes sans doute les gardes du tyran ?

DEUXIÈME SOLDAT.

Nous sommes tous les deux ses serviteurs.

LA DUCHESSE.

De quel office vous a-t-il chargés ici ?

PREMIER SOLDAT.

D'examiner ceux qui entrent, soit ouvertement, soit en secret.

LA DUCHESSE.

Je ne m'en serais jamais doutée. Misérables... vous êtes bien hardis d'oser faire sentinelle à ma porte, comme si j'étais la dernière des femmes. Retournez vers celui qui vous envoie, ou je vous ferai couper les pieds.

LE COMTE, *à la duchesse.*

N'êtes-vous pas, madame, la maîtresse de céans ?

LA DUCHESSE.

Oui, cette maison est la mienne.

LE COMTE.

Comment donc alors ces soldats visitent-ils ceux qui viennent, comme si votre porte était la porte d'entrée de la ville ? Tout à l'heure ils ont mis la main dans mes sacs et dans mon sein. Pourquoi le prince se conduit-il ainsi envers vous, puisqu'il n'est pas votre mari ?

LA DUCHESSE.

Entendez-vous, l'un et l'autre ? Ce vilain vous apprend votre devoir.

DEUXIÈME SOLDAT.

Il n'est pas vrai, madame, que nous l'ayons visité, lui ; nous ne l'avons pas touché du bout du doigt. Et puisque vous connaissez le motif pour lequel nous avons été placés ici, ne soyez pas surprise de notre scrupuleuse vigilance. L'intention du prince n'a pas été de vous irriter, en nous confiant le soin d'arrêter en cet endroit les serviteurs de celui qui vous outrage et vous déshonore. Je parle du comte qui pourrait bien vous écrire par l'entremise de ce vilain.

LE COMTE.

Cela n'est pas mauvais, en vérité !... Moi, porter les lettres du comte ! vous feriez mieux de dire que je les écris de ma main.

LA DUCHESSE.

Si c'est pour cela que vous êtes ici, vous pouvez dès ce moment vous retirer. Vous n'avez plus rien à y chercher.

PREMIER SOLDAT.

Comment cela, s'il vous plaît, madame ?

LA DUCHESSE.

Parce qu'il n'y a pas une heure qu'il a passé par ici prisonnier.

LE COMTE.

Prisonnier, dites-vous ?

LA DUCHESSE.

Je l'ai vu.

LE COMTE.

Le comte, prisonnier, madame !

LA DUCHESSE.

Je l'ai vu, hélas ! de mes yeux.

DEUXIÈME SOLDAT.

Qu'attendons-nous davantage ? Allons demander l'étrenne de cette bonne nouvelle.

PREMIER SOLDAT.

Je voudrais être à la place de celui qui l'a arrêté.

DEUXIÈME SOLDAT.

Allons.

(*Les deux soldats sortent.*)

LE COMTE.

Vous aviez dit cela, madame, pour vous moquer d'eux, — que le comte était prisonnier ?

LA DUCHESSE.

Il n'est que trop vrai.

LE COMTE.

L'avez-vous reconnu?

LA DUCHESSE.

Mon Dieu! oui.

LE COMTE.

Où étiez-vous?

LA DUCHESSE.

Là, à ma fenêtre.

LE COMTE.

Au nom de l'attachement que je lui porte, ne me trompez pas, de grace.

LA DUCHESSE.

Pourquoi vous tromperais-je?... Je l'ai vu tout à l'heure, vous dis-je, emmené par une troupe de gens armés.

LE COMTE.

Ou tout le monde s'abuse, ou j'ai moi-même perdu l'esprit.

LA DUCHESSE.

Je l'ai vu de mes yeux, hélas! de ces mêmes yeux qui l'ont pleuré et qui le pleurent.

LE COMTE.

Ne les fatiguez pas en vain, sur un motif aussi frivole, ces yeux qui sont les plus beaux que l'on puisse admirer ici-bas. Le comte est un brave cavalier, et tel qu'il saura briser ses fers, si par hasard il est prisonnier.

LA DUCHESSE.

Hélas! je ne l'espère pas. — Et si je ne me suis pas élancée à la poursuite de ses lâches ravisseurs, comme la lionne s'élance sur le chasseur qui lui enlève son nouveau-né, c'est que le roi m'a promis, quelque chose qui arrive, de me rendre le comte, le noble comte Prospero.

LE COMTE.

Il vous doit une grande reconnaissance pour l'amour que vous lui portez. — Certes, vous n'avez pas tort de vous entretenir de lui avec moi; mais c'est de votre part une preuve magnanime d'affection et de tendresse que de condescendre à parler de lui avec un homme d'une condition aussi humble que la mienne, et qui se présente à vous sous ces vêtements pauvres, déchirés et souillés.

LA DUCHESSE.

L'homme à qui je parle du comte est pour moi de race royale, et je ne considère pas ses vêtements.

LE COMTE.

Il faut que le comte soit votre époux, puisque vous parlez de lui avec tant de plaisir.

LA DUCHESSE.

Le comte est mon époux et le doit être, quoiqu'un envieux s'y oppose.

LE COMTE.

Quel est cet envieux qui met obstacle à votre union?

LA DUCHESSE.

L'infant, qui le hait parce que je le préfère à lui, parce que je refuse de recevoir ses soins, et que le comte occupe seul ma pensée.

LE COMTE.

Si vous le désirez, je le tue... J'ai chez moi, à la maison, une épée de votre comte.

LA DUCHESSE.

Qui vous l'a donnée cette épée?... Quand et comment l'avez-vous eue?

LE COMTE.

J'étais au moulin, lorsqu'il passa par-là à pied et fatigué; car il avait laissé son cheval sur la route à demi mort. Je l'hébergeai et le fis dormir près de moi. Et le lendemain, en me quittant, il me donna son manteau et son épée en échange d'un habit pareil à celui que je porte.

LA DUCHESSE.

Il a dormi près de vous?

LE COMTE.

Oui, madame.

LA DUCHESSE.

Et il vous a donné son manteau et son épée?

LE COMTE.

Oui, madame.

LA DUCHESSE.

Pauvre comte! il fallait qu'il fût bien malheureux et qu'il eût bien peur.

LE COMTE.

Au nom de Dieu, madame, ne vous affligez pas; car c'est le comte qui vous parle!

LA DUCHESSE.

O ciel! Prospero!... Doucement! pas de bruit.

LE COMTE.

Ne craignez rien; les nobles faucons sont toujours chaperonnés.

LA DUCHESSE.

Est-ce bien vous?

LE COMTE.

Oui, mon bien, mon cher bien, ma vie, mon ame!

LA DUCHESSE.

Je ne le croirai pas, tant que je ne vous aurai pas embrassé.

LE COMTE.

Embrassez-moi donc, alors. — Vous n'osez pas et vous êtes troublée?

LA DUCHESSE.

Un moment.

LE COMTE.

Qu'avez-vous?

LA DUCHESSE.

Lorsque j'ai été pour vous embrasser, l'idée m'est venue que peut-être ce n'était pas vous.

LE COMTE.

Quel motif avez-vous pour en douter?

LA DUCHESSE.

Mais... votre visage n'est pas le sien.

LE COMTE.

Bien que méconnaissable sous ce masque de farine, je suis Prospero. Ne reconnaissez-vous donc plus ma voix?

LA DUCHESSE.

Ah! mon cher comte!

LE COMTE.

Celia!

LA DUCHESSE.

Qu'avez-vous donc sur votre sein que je ne sens pas battre votre cœur?

LE COMTE.

Vous le sentirez palpiter avec force, si, par précaution, je ne l'avais recouvert d'une cuirasse.

LA DUCHESSE.

Vous avez bien fait, mon bien-aimé. — Mais alors, dites-moi, quel est celui qui est en prison?

LE COMTE.

Ce sera quelque ruse inventée par l'infant pour vous affliger.

LA DUCHESSE.

En quel endroit vous tenez-vous?

LE COMTE.

Je me tiens, comme un autre Léandre, en un lieu d'où je puis contempler, quoique de loin, la maison habitée par celle que j'aime. Ce lieu est un asile doublement sacré pour moi; il me protège et il vous appartient. Je demeure caché dans votre moulin; votre fermier m'a pris à son service.

LA DUCHESSE.

Quoi donc! l'amour vous a décidé à cet abaissement?

LE COMTE.

J'aurais fait pour lui plus encore.

LA DUCHESSE.

O mon Dieu! que vous devez souffrir dans ces vils et pénibles travaux!

LE COMTE.

Mon ennemi est puissant, mais l'amour l'a vaincu. — J'étais là-bas depuis un mois, qui m'avait duré trente siècles, lorsque mon nouveau maître m'a envoyé vers vous. Avec quelle impatience, avec quelle douleur, avec quels ennuis et quels tourments j'avais attendu cette occasion! Mais enfin je vous vois, je vous parle, je vous presse dans mes bras; et mon chagrin s'apaise, et j'oublie ma peine, et mon cœur est content. — Et vous,

ma chère âme, vous avez été sensible à mes maux?

LA DUCHESSE.

Je les ai pleurés nuit et jour. Mais à présent, puisqu'on ne vous a pas arrêté et que vous m'êtes rendu, moi aussi je suis heureuse. — Mais, dites-moi, que me conseillez-vous? J'ai envie de m'en aller avec vous tout à l'heure?

LE COMTE.

Gardez-vous-en, madame! au lieu de votre vie, ne me suivez pas!... vous me perdriez, vous vous perdriez vous-même.

LA DUCHESSE.

Alors que dois-je faire?

LE COMTE.

Dissimulez; feignez de croire que je suis le prisonnier. Je devrai à cette ruse innocente que l'on cesse de me poursuivre. Peut-être aussi conviendrait-il que vous alliez trouver le roi et que vous lui demandiez ma délivrance. Ainsi l'on n'aura plus de soupçons, et je profiterai de cette erreur pour revenir vous voir quelquefois en secret, ô mon bien! ô ma gloire!

LA DUCHESSE.

Votre idée est excellente, Prospero. — Oui, tout en me réjouissant de ce que vous êtes libre, je pleurerai devant le monde votre captivité. J'irai au roi, bien affligée et bien triste, lui demander votre délivrance; et quand on sera bien persuadé de la douleur que j'éprouve... (*s'interrompant.*) Mais qu'avez-vous à regarder par-là? qu'y a-t-il?

LE COMTE.

Qui vient de ce côté, Theodora?

THEODORA.

C'est l'infant avec Valerio.

LA COMTESSE.

O ciel! hélas! quel contre-temps!... Fuyez, Prospero, fuyez au plus vite.

LE COMTE.

Non, madame, ce serait me trahir. N'ayez pas peur; il ne me reconnaîtra pas, puisque vous ne m'avez pas reconnu.

(*Entrent l'infant et Valerio.*)

L'INFANT.

Que le soleil de votre beauté, madame, éclaire enfin mes yeux! que ma présence ne vous trouble point, belle Celia. Je ne vous hais pas, moi, bien que vous me détestiez.

THEODORA.

Eh bien! meunier, que vous manque-t-il, que vous ne vous en allez pas?

LE COMTE.

Je voudrais auparavant m'assurer de quelque chose.

THEODORA.

Dépêchez-vous et partez.

(*Le comte s'éloigne à une certaine distance des
autres personnages et s'arrête pour écouter.*)

L'INFANT.

Je m'aperçois, madame, que vos yeux
m'ont déclaré la guerre. Vous êtes irritée
contre moi. Serait-ce par hasard à cause de
la prison du comte?

LA DUCHESSE.

Sans doute; et pour que le chagrin ne
m'en ait pas tuée, il faut que mon cœur soit
devenu de pierre.

L'INFANT.

Il compromettait votre honneur.

LA DUCHESSE.

C'est vous seul qui prétendez le ternir.

L'INFANT.

Il est prisonnier.

LA DUCHESSE.

Il ne le sera pas long-temps.

L'INFANT.

Il ne m'échappera pas.

LA DUCHESSE.

Je m'adresserai au roi.

L'INFANT, à *Valerio*.

Avec ses réponses et ses bravades elle
excite ma colère.

VALERIO, à *l'infant*.

Dites-lui que vous ferez périr le comte.

L'INFANT.

Songez-y, Celia, le comte paiera vos dé-
dains par sa mort.

LA DUCHESSE.

Et moi, je le vengerai.

L'INFANT.

Il serait mieux à vous de le sauver en
montrant moins de rigueur.

LA DUCHESSE.

Jamais, prince, jamais.

VALERIO, bas à *l'infant*.

Embrassez-la par force.

L'INFANT.

Je sais, ma belle ennemie, pourquoi vous
êtes fâchée contre moi. — Eh bien! accordez-
moi un seul baiser et je rendrai aussitôt la liberté à l'homme que vous aimez et qui vous
adore.

LA DUCHESSE.

Laissez-moi, prince. Quelle audace est la
vôtre!

VALERIO, bas à *l'infant*.

Ne vous découragez pas.

L'INFANT, bas à *Valerio*.

Je n'ose, Valerio.

VALERIO, bas à *l'infant*.

Que craignez-vous?

L'INFANT.

Allons, madame.

LA DUCHESSE.

N'approchez pas!

(*Le comte s'avance et se place entre l'infant et la
duchesse.*)

LE COMTE.

Je savais bien, madame, qu'il me man-
quait quelque chose.

L'INFANT.

Quel est cet homme?

LA DUCHESSE.

C'est mon meunier.

LE COMTE.

Pour vous servir.

L'INFANT.

Que vous veut-il?

LA DUCHESSE.

Je l'ignore. (*au comte.*) Que me voulez-
vous?

LE COMTE.

Je ne vous veux rien de mal[1]; je désire
seulement vous parler.

LA DUCHESSE.

Vous le pouvez devant ces seigneurs, si
la chose n'exige pas que nous en causions en
particulier.

LE COMTE.

Non, madame; c'est une recommandation
de mon maître, que j'oubliais, et je ne me
la suis rappelée qu'au moment où j'allais
monter sur la mule.

VALERIO.

Quel vilain mal appris!

LE COMTE.

Voici, madame. Mon maître m'a chargé
de vous parler à propos du moulin. Il s'agit
d'une certaine digue que les eaux du fleuve
battent incessamment, comme si elles pré-
tendaient la renverser, et il vous prie de
vouloir bien vous arranger de manière que la
digue tienne bon contre les efforts obstinés
de ce méchant fleuve. Je vous prie en outre
de lui écrire ce que vous aurez à lui ordonner. Il vous écrira de son côté ce qu'on vous
doit là-bas.

LA DUCHESSE.

Il n'y a qu'un malheur, mon ami; c'est que
mon majordome n'est pas ici.

LE COMTE.

Mais vous, madame, vous m'avez compris, et vous pouvez me répondre.

LA DUCHESSE.

L'entends-tu, Theodora? il veut que nous
réglions nos comptes ensemble.

THEODORA.

Il est toujours le même; vous le connaissez bien, madame.

(1) Il y a ici un jeu de mots intraduisible sur le verbe
querer, qui signifie en même temps *vouloir* et *aimer*.

LA DUCHESSE.

Eh bien ! mon ami, puisque vous l'exigez absolument, je remplacerai mon majordome; et voici ma réponse. — Vous direz de ma part à mon fermier, votre maître, que je consens à tout ce qu'il jugera nécessaire; mais qu'il soit sans inquiétude, que le fleuve ne parviendra jamais à emporter la digue; que ce n'est pas une digue ordinaire en mauvais bois, mais en bois de chêne solide, capable de résistance, et fortifiée par un bon ciment; qu'aucun effort jamais ne réussira à l'emporter, à la briser, ni même à l'ébranler; qu'il peut dormir tranquille à cet égard, que e suis sa caution; et que les craintes qu'il a manifestées là-dessus sont d'un vilain et non d'un gentilhomme... Pour ce qui est de nos comptes, on lui écrira tant que besoin sera, et l'on recevra toutes ses lettres avec plaisir. Et maintenant, allez, — allez avec Dieu, mon ami.

LE COMTE.

Puissiez-vous, madame, vivre mille années avec celui qui vous voit et vous parle en ce moment !

(Il sort.)

L'INFANT, *à Valerio.*

Il dit cela pour nous deux.

VALERIO.

Il a de l'esprit ce vilain.

LA DUCHESSE.

Il m'a donné un des plus vifs plaisirs que j'aie eus depuis long-temps. Mais voilà le duc qui sort de son appartement. Votre altesse me pardonnera...

L'INFANT.

Quoi ! madame, vous nous quittez déjà !

LA DUCHESSE.

Auriez-vous quelque ordre à me donner ?

L'INFANT.

Vous pouvez vous retirer.

LA DUCHESSE.

Viens, Theodora.

(La duchesse et Theodora sortent.)

VALERIO.

Comment ! vous la laissez s'en aller ?

L'INFANT.

Que veux-tu ?

VALERIO.

Quelle faiblesse !

L'INFANT.

La duchesse est belle, et par cela seul elle a droit à mon respect.

VALERIO.

Que ne l'avez-vous au moins retenue ?

L'INFANT.

La violence eût été hors de saison.

VALERIO.

Vous ne valez rien pour l'amour.

L'INFANT.

Il est vrai que je redoute Celia.

VALERIO.

Bah ! monseigneur, elle est femme, et toutes les femmes, quelque légères qu'elles soient, aiment la persévérance. — Mais venez, monseigneur, je vous communiquerai un projet.

L'INFANT.

Partons, Valerio.

(L'infant et Valerio sortent.)

SCÈNE III.

Une salle du palais.

Entrent LE ROI *et* RUFINO.

LE ROI.

A présent, mon ami, je voudrais presque n'être pas allé chez elle. Quelle beauté divine ! Sa présence est pour moi le paradis, et j'éprouve loin d'elle un tourment égal à celui qu'on souffre en enfer. Hélas ! comme l'heure que j'ai consacrée à cette charmante visite s'est promptement écoulée !

RUFINO.

Cependant, sire, vous avez eu assez le temps de la regarder et de lui expliquer vos intentions.

LE ROI.

Oui, si le duc son père n'eût pas été là. Sa présence, les égards que je dois à sa qualité, et le souvenir de ses anciens services, m'ont retenu... J'ai eu pourtant le loisir de glisser quelques mots de compliment à la duchesse, et mes yeux ont dû lui apprendre les désirs de mon cœur. Un regard supplée souvent à ce qu'on ne peut dire; mais, hélas ! mon ami, les yeux d'un vieillard parlent mal le langage de l'amour. *(Entre un page.)* Eh bien ?

LE PAGE.

Sire, une dame qui est venue en chaise à porteurs, et qui est vêtue de bayette noire[1], quoique le reste de son habillement et son âge n'annoncent pas une veuve, — une dame demande la permission de vous parler. Si vous l'ordonnez, elle entrera.

LE ROI, *bas à Rufino.*

Ah ! mon ami, le cœur me dit que c'est la duchesse qui vient me solliciter pour le comte et qui s'est habillée de deuil en signe de douleur. *(au page.)* Fais entrer cette dame. *(Le page salue et sort.)* Il faut, mon ami, qu'elle aime furieusement le comte.

RUFINO.

En effet, cette démarche et le deuil qu'elle

____

(1) bayette (en espagnol rayeta), espèce d'étoffe de laine.

porte prouvent un attachement qui n'est pas ordinaire. Peu de femmes iraient ainsi implorer la grace de leur amant prisonnier.

LE ROI.

Ah! fortuné comte, un roi envie ton heureux sort, et il échangerait volontiers sa couronne contre la tienne; car tous les biens, toutes les richesses, tous les honneurs de la terre, ne sont rien au prix de Celia.

(Entre la duchesse, vêtue de deuil.)

LA DUCHESSE.

Miroir brillant de l'antique valeur de vos aïeux, de qui vous *êtes* le digne rejeton! roi puissant, que le ciel, propice à vos sujets, a doté d'une ame vraiment royale, — la femme que vous *voyez* devant vous, prosternée à vos pieds en gémissant, est la veuve du comte.

LE ROI.

Levez-vous, madame.

LA DUCHESSE.

Non, sire; permettez...

LE ROI.

... Jamais cela, madame. Levez-vous. *(Il la relève.)* Pourquoi donc vous êtes-vous habillée de la sorte? Vous n'aviez pas besoin de ces habits de deuil pour attendrir un cœur qui vous est tout soumis; et quand même je ne serais pas aussi aveuglé par ma passion que je le suis, ma parole suffit pour que je délivre le comte au plus tôt. — S'il est vrai que ce soit dans une crise, comme dans une fournaise ardente, que l'or de la fidélité s'épure, votre conduite est aujourd'hui celle d'une Espagnole ou d'une Romaine sublime. Vive Dieu! je serais tenté de vous élever un temple magnifique et de placer votre céleste image sur l'autel, afin que tous les mortels vous adorent comme je vous adore moi-même.

LA DUCHESSE.

Sire, à qui un temple conviendrait-il mieux qu'à un roi que la renommée célèbre de l'un à l'autre pôle, qui a conquis mille lauriers dans la guerre, et dont la haute sagesse n'est pas moins admirable dans la paix? — C'est à cette sagesse que je viens m'adresser aujourd'hui. Le prince a fait arrêter le comte, mon époux; il le retient en prison, entouré de gardes ainsi qu'un criminel; et ce qu'il y a de plus affreux pour moi, c'est qu'on dit que sa vie est menacée, qu'il est destiné à périr incessamment. Daignez, sire, le rendre à mes prières.

LE ROI.

Madame, les pierres elles-mêmes seraient émues de vos chagrins, et je n'y suis pas insensible. — Mais, dites-moi, Celia; si, malgré l'infant, je rendais la liberté au comte, cette preuve d'amitié ne mériterait-elle pas une récompense?

LA DUCHESSE.

Que vous dirai-je, sire?... Ma reconnaissance égalera le bienfait... Si vous délivrez le comte, rien ne m'arrêtera.

LE ROI.

Est-il bien vrai?

LA DUCHESSE.

Oui, sire.

LE ROI, à part.

Il est inutile de m'expliquer plus clairement; elle m'a compris. *(à Rufino.)* Va, mon ami, va promptement au château; et, avant que le prince n'apprenne ce qui se passe, quelque opposition que tu y trouves, délivre le comte et nous l'amène aussitôt à la duchesse et à moi.

RUFINO.

Le prince ne sera pas content; mais mon premier devoir est de vous obéir.

LE ROI.

Va, mon ami, que je te doive ce bonheur.

RUFINO.

Je cours au château.

(Rufino sort.)

LE ROI.

Au moins, Celia, ma chère fille, je compte sur votre promesse.

LA DUCHESSE.

Vous m'avez, sire, imposé des obligations éternelles et sans bornes. Dès ce moment vous pouvez me commander comme à une esclave que vous auriez achetée.

LE ROI.

Quel langage, Celia! Vous, mon esclave! Non, c'est moi seul qui suis le vôtre et qui mets à vos pieds mon empire avec mes vœux; car il est bien juste que celle qui règne souverainement sur le cœur d'un roi règne aussi sur son royaume.

LA DUCHESSE.

Je n'ai pas d'aussi hautes prétentions.

LE ROI.

Vous tiendrez votre parole?

LA DUCHESSE.

Oui, sire, dès que vous aurez délivré le comte.

LE ROI.

Il sera ici dans un instant, et alors... *(à part.)* J'entends des pas... C'est lui!

(Entre Rufino.)

RUFINO.

Hélas!

LE ROI.

Qu'as-tu donc?

RUFINO.

Ah! sire!

LE ROI.

Pourquoi viens-tu seul?

RUFINO.

On n'a jamais vu une pareille cruauté en un pays chrétien, en Espagne! O prince féroce, qui commets des atrocités dignes des Scythes inhumains et des Barbares!

LE ROI.

Qu'y a-t-il donc enfin?

RUFINO.

On peut ajouter foi désormais aux cruautés des Domitien et des Néron. — Le prince a tué le comte.

LE ROI.

Que dis-tu là, mon ami!

RUFINO.

Que l'on a donné la mort au comte.

LE ROI.

Qui s'est rendu coupable de ce meurtre?

RUFINO.

L'infant, — votre fils!

LE ROI.

En es-tu bien sûr?

RUFINO.

Je n'en puis douter.

LA DUCHESSE.

Ah! malheureuse! qu'ai-je appris? O mon cœur, ouvre-toi et laisse partir mon ame!

LE ROI, à Rufino.

Elle s'évanouit!

RUFINO, à la duchesse.

Modérez votre douleur.

LA DUCHESSE.

Ah! cher comte!

LE ROI.

O fils ingrats! que nous demandons au ciel avec tant d'instances et qui souvent ne naissez que pour notre honte!... Heureux ceux qui gardent les troupeaux dans la plaine et qui peuvent en une telle disgrace ne suivre que la loi de leur fureur!... Hélas! n'étant pas libre de me venger, je n'ai plus qu'à mourir!...—Achève, messager de mort, ce triste récit. En quel lieu l'infant a-t-il tué le comte?

RUFINO.

Sur la place qui est devant le château. D'un côté est le corps du défunt et de l'autre sa tête.

LA DUCHESSE.

Je succombe!

RUFINO.

L'instrument du crime, une épée ensanglantée est auprès du cadavre, qui gît sur un drap noir.

LA DUCHESSE.

O prince impitoyable!... O comte chéri, écoute du haut des cieux mes plaintes et mes gémissements!

RUFINO.

Quel amour que le sien!

LE ROI.

Elle ne pourra plus l'oublier.

LA DUCHESSE.

O comte adoré! je vais te voir une dernière fois, afin que la vue de ton sang m'inspire ma vengeance.

LE ROI, à Rufino.

Retiens-la.

RUFINO.

Attendez, madame.

LA DUCHESSE.

Laissez-moi.

LE ROI, à Rufino.

Retiens-la donc.

RUFINO.

Un moment, madame.

LA DUCHESSE.

O ciel! justice! justice!

(Elle sort.)

LE ROI.

Pourquoi ne l'as-tu pas retenue?

RUFINO.

Cela m'a été impossible. N'avez-vous pas vu la fureur qui l'animait?

LE ROI.

Qu'elle était belle ainsi!—Je ne sais, mon ami, que résoudre. Conseille-moi. Désolé pour mon amour, je crains en outre que mes peuples ne se soulèvent.

RUFINO.

Nous remédierons à tout cela. Mais écoutez; c'est le prince qui vient.

LE ROI.

Je serais capable de me porter à quelque excès.

(Entre l'infant.)

L'INFANT.

Est-il vrai, monseigneur, que vous avez commandé que l'on rendît la liberté au comte?

LE ROI.

Vous osez paraître à mes yeux, barbare que vous êtes! Retirez-vous de ma présence. Je vous renie pour mon fils. Songez-y bien: je vous avertis que si vous ne sortez pas de la cour immédiatement, je vous traiterai comme vous avez traité le comte; et remerciez-moi de ce que je ne le fais pas à l'instant même.

L'INFANT.

Sire, vous êtes abusé. Les apparences m'accusent; mais je vous jure sur l'honneur que...

LE ROI.

Taisez-vous, infant; taisez-vous. (à Rufino.) Suis-moi, mon ami.

RUFINO, bas à l'infant.

N'ajoutez pas un mot; je me charge d'apaiser le roi.

(Le roi et Rufino sortent.)

L'INFANT, *seul.*

O destin ennemi, es-tu satisfait? Les projets de l'exécution desquels j'attendais ma félicité ont à jamais anéanti mes espérances... O mon père! ô Celia! vous n'entendrez plus parler de l'infant.

(Il sort.)

ACTE TROISIÈME.

SCÈNE I.

Une campagne devant le moulin.

Entre L'INFANT.

L'INFANT.

Le ciel est las de me souffrir; le roi mon père m'exile et Celia me repousse. Je ne puis lutter contre tous ces ennemis réunis... Incessamment tourmenté par mes souvenirs affligeants je cherche en vain à les fuir; obstinés, ils sont partis avec moi, ils m'ont accompagné tout le chemin, et ils ne renonceront pas à me poursuivre... Détesté par Celia, je demande la mort à chaque instant, je l'implore comme un bienfait; mais la mort elle-même, afin de me punir davantage, se refuse à écouter mes vœux. Eh bien! je retournerai dans ma patrie, à la cour; je me présenterai devant celle qui a causé mes maux; et je la prierai, pour dernière grace, de me livrer à mon père, si elle veut satisfaire sa vengeance. Ah! si du moins Valerio venait me rejoindre! il me donnerait de ses nouvelles, il m'apprendrait ce qu'elle dit, ce qu'elle pense. Oui, Valerio, si je te voyais, ami sûr et fidèle, je me consolerais avec toi, en te communiquant mes pensées comme jadis, à toi qui m'as toujours encouragé dans mes peines et soutenu dans mes chagrins!

VALERIO, *du dehors.*

Mon maître, mon seigneur!

L'INFANT.

O Dieu! j'entends sa voix qui m'appelle derrière le rideau de ces arbres.

(Entre *Valerio.*)

VALERIO.

Ah! prince!

L'INFANT.

Sois le bienvenu, Valerio.

VALERIO.

J'ai tardé long-temps?

L'INFANT.

Beaucoup trop pour mon impatience.

VALERIO.

Le pis est que j'apporte de mauvaises nouvelles.

L'INFANT.

De mauvaises nouvelles?

VALERIO.

Oui, prince.

L'INFANT.

Lesquelles donc?

VALERIO.

J'ai trouvé la cour du palais pleine de messagers et de chevaux de poste dont l'arrivée vous intéresse.

L'INFANT.

Comment cela?

VALERIO.

Ils viennent de France.

L'INFANT.

Pour mon mariage, sans doute?

VALERIO.

Justement.

L'INFANT.

Peu m'importe. Cela ne touche guère mon cœur.

VALERIO.

On attend demain votre soleil, — votre épouse, que le roi votre père a demandée pour vous et que le roi de France vous envoie.

L'INFANT.

En ce cas, mon épouse sera un soleil éclipsé; car je ne veux pas la voir.

VALERIO.

Il vous sera difficile de l'éviter. Des courriers ont été expédiés en tous sens avec ordre de vous chercher.

L'INFANT.

J'espère bien qu'ils ne me trouveront pas.

VALERIO.

Pourquoi vous défendre de cette union?

L'INFANT.

J'adore Celia. Elle seule est ma déesse et mon épouse. — Écartons-nous un peu, voilà des gens qui sortent du moulin. Quand je pense qu'ils appartiennent à la duchesse, je serais tenté de me mettre à leurs pieds.

(L'Infant et Valerio s'éloignent. Entrent le comte et Melampo.)

MELAMPO.

Viens avec moi dans le bois, Martin; c'est là qu'il faut que je te parle.

LE COMTE.

Mais quelle est ton intention? Je soupçonne que tu as conçu quelque mauvais dessein.

MELAMPO.

Tu devines mal la folie où ma passion me
porte. Je ne médite rien contre toi. Vois-tu
cette corde? vois-tu ces arbres?

LE COMTE.

Eh bien! que veux-tu faire?

MELAMPO.

Ce que je veux, c'est que tu dises à cette
ingrate, qui me dédaigne après deux années
de soins et de tendresse, que je n'ai pu supporter de la voir te donner son amour, et
que le pauvre Melampo a mis fin à ses jours
dans ce bois.

LE COMTE.

Laisse donc, imbécile. Comment! tu re-
noncerais pour une femme à la vie, au plus
précieux des biens?

MELAMPO.

Et sans regret. Tu vas voir.

(Il attache la corde à la branche d'un arbre.)

LE COMTE.

Finis donc.

MELAMPO.

À quoi bon me retiens-tu? tu ne m'empê-
cherais pas de me tuer si tu étais mon ami.

LE COMTE.

Je le suis, et à tel point que je veux que
Laura me déteste, qu'elle t'aime, et qu'elle
devienne ta femme.

MELAMPO.

Laura?

LE COMTE.

Oui, Laura.

MELAMPO.

À moi?

LE COMTE.

À toi-même.

MELAMPO.

Ah! permets que je te baise les pieds.

LE COMTE.

Non, donne-moi la main seulement.

MELAMPO.

Tout, la main et le cœur.

LE COMTE.

Touche là; cela suffit.

MELAMPO.

Enfin, tu me promets de la détester?

LE COMTE.

Mieux que cela. Si tu ne l'amènes ici, je
te promets de faire en sorte qu'elle t'aime.

MELAMPO.

C'est impossible. Mais rien que pour voir
de mes yeux, — quel plaisir! — que tu la
détestes, je vais te l'amener.

LE COMTE.

Va, je t'attends.

MELAMPO.

Oh! que j'aurai de joie, que je serai content si tu te moques d'elle!

*(Melampo sort. L'Enfant et Valerio se rapprochent
du comte.)*

L'INFANT.

N'est-ce point là, Valerio, mon ami, ce
meunier sans façon qui entra pour parler à
Celia quand je causais avec elle?

VALERIO.

En effet, c'est bien lui.

L'INFANT.

Allons l'interroger. Il pourra peut-être
m'instruire de l'état de mes affaires.

LE COMTE, *à part.*

J'entends du bruit de ce côté comme si on
écartait les branches et les feuilles des arbres. — Ah! fâcheuse rencontre! c'est l'infant!

L'INFANT.

Dieu te garde, bon laboureur!

LE COMTE.

Soyez les bienvenus, braves gens! — Vous
seriez-vous par hasard trompés de route?
ou bien auriez-vous quelque chose à faire au
moulin?

L'INFANT.

Nous n'avons pas le projet de moudre.

LE COMTE.

Mais vous avez l'air moulu[1].

L'INFANT.

Tu as raison, l'ami. On se fatigue à la fin
quand on marche jour et nuit sans prendre
de repos. Il n'y a qu'un moulin qui puisse
aller toujours sans se fatiguer.

LE COMTE.

Je suis de votre avis.

L'INFANT.

Regarde-moi bien.

LE COMTE.

Volontiers.

L'INFANT.

Que dis-tu?

LE COMTE.

Que vous avez la mine d'un homme prin-
cipal, d'un grand personnage.

L'INFANT.

Je t'ai vu quelque part.

LE COMTE.

J'étais alors d'un autre métier qu'aujour-
d'hui.

L'INFANT.

Non pas, du même. — Tu ne me recon-
nais donc pas?

LE COMTE.

J'ai beaucoup de peine à vous remettre.

L'INFANT.

C'était dans la maison de la duchesse
Celia.

[1] — Va toujours à moudre.
— Bien quelque chose.

LE COMTE.

Par Dieu! elle est not' maîtresse.

L'INFANT.

Elle est aussi la mienne.

LE COMTE.

Quoi! vous seriez son domestique!

L'INFANT.

Je suis son esclave, je l'adore.

LE COMTE.

Prenez garde! je ne vous conseillerais pas de vous adresser à madame; il pourrait vous en coûter cher.

L'INFANT.

Si tu savais qui je suis, tu avouerais que je la mérite.

LE COMTE.

Je le sais. (*à part.*) et je vous donne à tous les diables.

L'INFANT.

Qui suis-je?

LE COMTE.

Un homme de qui elle ne se soucie guère, à tort sans doute, et à qui elle n'a témoigné que des rigueurs. Je suis presque sûr qu'elle me préfère à vous, moi qui suis couvert de farine.

L'INFANT.

Combien y a-t-il de temps que tu n'es allé là-bas?

LE COMTE.

Depuis cette époque jusqu'ici, mon seigneur, je n'y suis allé qu'une fois.

L'INFANT.

Et tu l'as trouvée toute resplendissante?

LE COMTE.

Au contraire; elle était vêtue de deuil des pieds à la tête, en l'honneur d'un certain comte qui est mort.

L'INFANT.

Ce comte est plus vivant que moi.

LE COMTE.

Ce serait par trop singulier qu'il fût en même temps mort et vivant.

L'INFANT.

Cela est pourtant. — Mais as-tu vu, dis-moi, par hasard, si elle parlait avec quelqu'un?

LE COMTE.

Elle se plaignait à sa suivante d'un prince qui a tué le comte; elle l'appelait un perfide, un traître, un assassin. À elles deux elles l'accablaient d'injures et de malédictions par-dessus les nues; et moi, à tout ce qu'elles disaient, pour soutenir leur voix, je répondais: Ainsi soit-il! — Aujourd'hui que je dois aller chez elle lui porter de la farine, j'ai idée de la prier de m'apprendre à répéter ces nouvelles litanies, afin de sauver mon âme;

car, bien que je sois en sûreté à cette heure, cependant je ne suis pas encore rassuré[1].

L'INFANT, *bas à Valerio.*

Je renais à la vie, mon cher Valerio.

VALERIO, *bas à l'Infant.*

Comment donc?

L'INFANT, *de même.*

Il me vient un projet, un projet charmant. Afin de parler à la duchesse, je pense à aller là-bas avec ce vilain, vêtu comme lui.

VALERIO, *de même.*

Vous voulez vous faire meunier?

L'INFANT, *de même.*

Oui, j'entrerai avec lui chez elle, je la verrai, et lui dirai que je meurs.

VALERIO, *de même.*

Votre projet me sourit.

L'INFANT, *au comte.*

Ne ferais-tu pas quelque chose pour moi, brave homme?

LE COMTE.

Si ce que vous demandez est raisonnable, je me mets dès ce moment à votre disposition.

L'INFANT.

Voici au préalable ta récompense.

(*Il donne au comte une chaîne d'or.*)

LE COMTE.

Est-elle d'or?

L'INFANT.

De l'or le plus fin.

LE COMTE.

Vive Dieu! si je ne marche pas droit mon chemin, vous m'en donnerez une de fer[2].

L'INFANT.

Je veux aller aujourd'hui avec toi chez cette dame, déguisé en meunier!

LE COMTE.

Cela est délicat. Vous conduire chez not' maîtresse, ce serait faire un joli métier!

L'INFANT.

C'est un acte de complaisance qui n'a rien de blâmable.

LE COMTE.

Vous arrangez cela à merveille. La charité bien entendue voudrait que j'allasse là-bas tout seul. Mais il n'importe, si vous me gardez le secret. Allez donc changer d'habits, je vous emmènerai.

L'INFANT.

Tu obtiendras que je la voie?

LE COMTE.

Je vous dis que oui.

---

(1) Encore un jeu de mots intraduisible. Il porte sur le mot *sano*, qui signifie tout à la fois du sain et sauf.

(2) Autre jeu de mots dont la traduction est impossible. *Yerro*, je me trompe, *hierro*, du fer.

L'INFANT.

Allons, Valerio, je trouverai aisément de quoi m'équiper au village voisin.

LE COMTE.

Dépêchez-vous. Sous ce déguisement et à la brune, on ne vous reconnaîtra pas.

L'INFANT.

Je te retrouverai ici?

LE COMTE.

Non, mon cher seigneur, je vous suis.

L'INFANT.

N'y manque pas.

LE COMTE.

Foi de Martin!

L'INFANT.

Bien vrai?

LE COMTE.

Je l'ai juré.

(L'infant et Valerio sortent.)

LE COMTE.

Quelle étrange aventure! A-t-on jamais vu un malheur égal au mien?... Obligé de quitter mon pays par suite d'un amour fatal, celui qui m'a contraint à m'exiler, mon rival puissant me rencontre en ces lieux et me demande de le mener vers celle que j'aime et dont sa jalousie me sépare!... O Celia, vous me pardonnerez. Il ne m'était pas possible de me refuser à ses désirs sans péril pour vous et pour moi. Vous me pardonnerez; et vous ne serez pas surprise, vous ne serez pas irritée que je conduise vers vous celui que je déteste, l'auteur de nos chagrins. Vous me pardonnerez; et si le ciel permet que je vous entretienne un moment à l'abri des regards de mon ennemi, vous consentirez à me donner une douce parole et votre main plus douce encore! — Quelle bizarre aventure! un infant et un comte rivaux qui vont ensemble chez leur maîtresse sous le même déguisement, tous deux vêtus en meuniers!

(Entrent Melampo et Laura.)

LAURA.

Il m'attend par ici, dis-tu?

MELAMPO.

Oui; c'est auprès de ces chênes que je lui ai confié mon désespoir et qu'il m'a rendu le courage.

LAURA.

Ah! te voilà, Martin! Qu'y a-t-il donc de nouveau, que tu m'appelles?

LE COMTE.

Rien! sinon que je lui ai avoué que je te trompais pour m'amuser.

LAURA.

Comment, que tu me trompais?

LE COMTE.

Oui, en te disant que je t'aimais, car je t'ai toujours détestée.

LAURA.

Tu me détestes, moi!

LE COMTE.

Oui, et c'était pour rire que je te faisais la cour. Voilà deux ans que Melampo t'aime sans avoir rien obtenu que ta rigueur, lui dont l'amour a attendri la montagne, la campagne et le moulin. C'est lui qui te mérite, et il est juste que tu le paies de retour, au lieu de tenir à un homme qui se moque de toi. Ce qui m'a engagé à te désabuser, c'est qu'il a voulu, pour se venger de ton dédain, se pendre avec cette corde à un arbre. Sa peine m'a ému à un tel point, que je lui ai promis de ne plus parler jamais avec toi. Maintenant, Laura, je te déteste; et, crois-moi, aime Melampo, en faveur duquel je renonce à ta tendresse.

LAURA.

Hélas! je n'attendais pas moins de ma mauvaise destinée. Je ne me plaindrai pas de toi, cependant, et je ne regretterai pas un inconstant qui m'abandonne; je ne me plains que de moi qui te croyais et qui t'aimais.

LE COMTE, *à Melampo.*

Eh bien! qu'en dis-tu?

MELAMPO.

Je ne sais comment reconnaître cela!

LAURA.

Hélas! Martin, — je ferais mieux de dire le martyre de mon âme et le marteau de mon cœur, — hélas! est-il possible que tu me laisses?

LE COMTE.

Par Dieu! oui.

LAURA.

Tu es décidé à ne plus me voir?

LE COMTE.

Également.

LAURA.

Tu ne me parleras plus?

LE COMTE.

Pas davantage.

LAURA.

Hélas!

LE COMTE.

Que cela ne t'afflige pas. Reporte ton idée sur Melampo.

LAURA.

Qu'ordonnes-tu, cruel?

LE COMTE.

Il le faut. Je ne puis t'écouter.

LAURA.

Quoi! plus jamais? jamais!

LE COMTE.

Non, foi de Martin !

LAURA.

Bien vrai ?

LE COMTE.

Je l'ai juré.

(Le comte sort.)

LAURA.

A la fin, il est parti.

MELAMPO.

Mais il reste ici, Laura, quelqu'un qui te désire et qui te conjure de croire à sa foi. Considère donc un peu la folie que tu faisais avec lui et avec moi, puisque tu méprisais un ami sincère et dévoué pour un perfide ennemi. Pourquoi ne m'aimerais-tu pas, ingrate, puisque tu connais mon amour ?

LAURA, *à part.*

Les femmes ne sont rien pour les hommes volages. Ils les prennent, ils les quittent, et puis — adieu. Mais puisque celui-là me délaisse, je ne veux pas qu'il se moque de moi. Je feindrai d'être contente et d'aimer celui qu'il me conseille de prendre. Qui sait ? peut-être que cela me le ramènera. L'homme qui oublie le plus tôt, quand il voit qu'on en prend son parti, il revient souvent plus fou que par le passé. *(haut.)* Melampo, je désire être meilleure pour toi, parce que ton attachement et ta passion le méritent. Il y a deux ou trois jours que je causais avec mon père et qu'il avait envie de me marier à cause qu'il se fait vieux. Il me disait de choisir de Martin ou de toi celui des deux qui me plaisait davantage ; mais je ne lui ai pas répondu. Vois mon père, et dis-lui que c'est toi que je veux pour mari, que ton amour m'a touchée et que je t'aime. Nous serons heureux ensemble.

MELAMPO.

Parles-tu sérieusement ?

LAURA.

Oui, par Dieu !

MELAMPO.

Tu ne badines pas ?

LAURA.

Non, certes.

MELAMPO.

Donne-moi ta main, ma chérie, pour gage de mon bonheur.

LAURA.

La voilà, ma chère âme.

MELAMPO.

O amour ! j'étouffe de joie.

LAURA.

Je t'assure que je serai un jour à toi.

MELAMPO.

Tu me le jures ?

LAURA.

Sur ma vie !

MELAMPO.

Bien vrai ?

LAURA.

Je l'ai juré.

(Melampo et Laura sortent.)

SCENE II.

D'un côté une partie du jardin de la duchesse ; de l'autre, une place.

Entrent LE ROI, LA DUCHESSE *et* THEODORA.

LE ROI.

Si, de même que je vous offre ici mon âme et ma couronne, je pouvais vous offrir le monde, adorable Celia, il serait à l'instant à vos pieds. C'est seulement à vous servir et à vous plaire que je mets ma gloire et ma félicité ; je n'ai d'autre ambition que celle d'être agréé par vous, et il n'en est pas, selon moi, de plus noble ni de plus belle. Sans vous ma personne n'est rien, elle ne vaudra quelque chose que par vous. Daignez donc, Celia, récompenser un tel amour ; cessez enfin de regretter le comte puisqu'un roi se présente pour le remplacer, et acceptez mon royaume avec ma main. Je me tais en attendant une réponse favorable.

LA DUCHESSE.

J'avoue, sire, que la proposition que vous me faites m'élèverait d'un bien humble état à une grandeur à laquelle je n'avais pas de prétention, et je vous en exprime ma profonde gratitude. Seulement, je le confesse, j'étais peinée, en vous écoutant, de voir que par bonté pour moi vous vous abaissiez au rang d'un simple vassal. Je n'ai pas à répliquer ni à vous contredire ; mais je vous prie, Monseigneur, de traiter de cela avec mon père, et je me soumettrai à ce qui sera sa volonté et la vôtre.

LE ROI.

C'est bien, Celia ; je ne tarderai pas à lui exprimer mes vœux à cet égard. Je suis obligé de vous quitter, et quoique vous soyez bien sévère pour moi, je souffrirai beaucoup loin de votre présence... Ma bru doit arriver, il faut que j'aille au-devant d'elle. Quelque plaisir que j'aie à terminer ce mariage, Dieu sait combien je préférerais célébrer le mien avec vous. — Daignez du moins compatir à ma peine, et accordez-moi la permission de partir.

LA DUCHESSE.

Je vous salue, Monseigneur.

THEODORA, *à part.*

Dieu sait aussi combien peu elle est charmée de vous voir, et qu'un autre a les clefs de son cœur, et que vous n'y trouverez pas entrée.

LE ROI.

Adieu, Celia.

LA DUCHESSE.

Monseigneur...

THEODORA, *à part.*

Il a bien de la peine à prendre congé d'elle, tandis qu'elle, au contraire, elle voudrait le voir bien loin.

LE ROI.

Adieu, belle Celia, Celia de mon âme!

(Le roi sort.)

LA DUCHESSE.

Ah! Theodora, quelle disgrace!

THEODORA.

Je la sens vivement, madame, et je tremble. Le roi n'est occupé que de vous. Vainement vous aimez le comte et il vous aime; il vous faudra renoncer à lui.

LA DUCHESSE.

Moi, que je renonce au comte! Jamais. Non, avant que son image adorée s'efface de mon cœur, avant que je le trahisse pour un autre, l'on verra le soleil se voiler d'un crêpe funèbre au milieu du jour, le Douro et le Tage remonter vers leur source, et toute la nature bouleversée se confondre. Non, jamais je n'oublierai, jamais je ne trahirai le comte pour un autre; et si le roi persiste à demander ma main et qu'il l'obtienne, Theodora, je saurai mourir.

(Entrent l'infant et le comte. L'infant porte un sac de farine sur le dos.)

LE COMTE.

N'ayez pas peur, Pascal, que la duchesse se fâche. Je ne suis pas mal avec elle.

L'INFANT.

Par l'enfer! comme il pèse! Que le diable emporte ce sac [1]!

(Il jette le sac par terre.)

LA DUCHESSE.

Qu'y a-t-il donc?

THEODORA.

Ce sont les meuniers.

(Le comte entre dans le jardin.)

LA DUCHESSE, *au comte.*

Enfin, il était temps que vous vinssiez.

LE COMTE.

Que votre grace ne me gronde pas; qu'elle fasse attention que j'ai amené avec moi un nouveau camarade.

LA DUCHESSE.

Quoi! Martin, quelqu'un t'accompagne?

---

[1] Dans le texte, l'infant ne dit pas: *Par l'enfer!* Il qualifie son sac de la même manière que M. de Pourceaugnac, dont la comédie de ce nom, qualifie les enfants qui le poursuivent dans la rue.

LE COMTE.

Je n'ai pas pu empêcher cela, malgré mes désirs et mes efforts.

LA DUCHESSE, *à demi-voix.*

Alors, Martin, je ne vous embrasserai pas.

LE COMTE.

C'est ce maudit Pascal qui en est cause.

L'INFANT, *appelant.*

Holà, Martin!

LE COMTE, *allant vers l'infant.*

Que me veux-tu?

L'INFANT.

Que, puisque tu es bien avec elle, tu lui dises en secret qui je suis.

LE COMTE.

Quoique vous me donniez là une assez mauvaise commission, je la ferai. Je vais m'approcher d'elle et je lui dirai que vous êtes un homme qui l'adorez. Mais sait-elle votre nom?

L'INFANT.

Je te réponds que oui. Tu n'as qu'à lui dire que c'est le prince qui désire lui parler.

LE COMTE.

Eh bien! demeurez là un moment. Je me charge de lui apprendre qui vous êtes.

L'INFANT.

Sois tranquille, je ne bougerai pas d'ici; je reste à cette place comme une statue ou comme une pierre.

LE COMTE.

Attendez et fiez-vous à moi. Personne ne souhaite plus vivement que moi l'heureux succès de cette affaire. *(Il va vers la duchesse.)* Eh bien! comment vous va, not' maîtresse?

LA DUCHESSE.

Ah! mon cher comte, dites-moi, ce traître qui est là, n'est-ce pas le prince?

LE COMTE.

Oui, madame; vous savez qu'il vous aime.

LA DUCHESSE.

Que signifie, Prospero, votre langage à cette heure?

LE COMTE.

Parlez bas et contenez-vous. M'ayant vu ici l'autre jour, ce perfide m'a cherché pour venir déguisé vers vous. Dieu sait, ma Celia, si j'en ai été affligé! Mais enfin je n'ai pas pu davantage, et je l'amène pour qu'il vous parle.

LA DUCHESSE.

Qui eût cru pareille chose?

LE COMTE.

Ma destinée l'a voulu.

LA DUCHESSE.

Dites-moi, mon bien, comment vous trouvez-vous?

LE COMTE.

A merveille et délicieusement quand je vous vois.

L'INFANT, *à part.*
Oh! qu'il tarde, ce vilain!

LE COMTE.
Mettez-vous là devant moi, ma chère vie,
afin que je prenne votre main.

LA DUCHESSE.
La voici.

LE COMTE.
Permettez que je la baise.

L'INFANT, *à part.*
Oh! qu'il tarde, ce meunier!

LA DUCHESSE.
J'oublie en votre présence des chagrins
mortels.

LE COMTE.
Y aurait-il quelque chose de nouveau?

LA DUCHESSE.
Le roi a conçu pour moi un fatal amour
et il veut me prendre pour épouse.

LE COMTE.
O Dieu! mais quelle est votre pensée à ce
sujet?

LA DUCHESSE.
Quelle que soit la folie du roi, quel que
soit l'excès de sa passion, ne craignez pas
que jamais le comte soit banni de ce cœur que
je lui ai voué.

LE COMTE.
Je compte, mon bien, sur votre amour.

LA DUCHESSE.
Tout ce qui n'est pas vous ne m'inspire
qu'indifférence et dédain.

LE COMTE.
Alors vous traiterez de même ce perfide
qui est là.

L'INFANT, *à part.*
Je commence à désespérer.

LA DUCHESSE.
Vous voulez donc que je lui parle?

LE COMTE.
Il le faut, madame. (*Il va vers l'infant.*) Arrivez, Pascal. Vive Dieu! j'ai négocié cette affaire pour vous aussi bien que si c'eût été
pour moi.

(*L'infant suit le comte dans le jardin.*)

L'INFANT.
Me reconnaissez-vous, belle Celia?

LA DUCHESSE.
Vous triomphez sans doute, prince dérai-
sonnable, d'avoir imaginé cette ruse déloyale
pour venir surprendre une femme qui vit re-
tirée chez elle. Vous ne considérez pas que
si l'on vous rencontrait ici déguisé de la sorte,
vous pourriez me compromettre aux yeux du
monde, bien que nous ne soyions rien l'un à
l'autre. Il serait temps cependant de renoncer
à ces folies de jeunesse.

L'INFANT.
Vous me parlez raison quand vous voyez
que pour vous j'ai perdu l'esprit. Oui, je le

confesse, je suis devenu fou, grace à vos mé-
pris obstinés et à la peine qu'ils me causent.
Mais vous-même qui rappelez si bien les autres à la raison, qu'avez-vous fait de la vôtre?
Qu'espérez-vous encore après la mort du
comte? Pourquoi ne pas oublier enfin celui
que la terre garde enseveli? Pensez-vous le
ressusciter par vos regrets, par vos pleurs et
votre deuil? Songez-y bien, Celia, jamais vous
ne le reverrez.

LA DUCHESSE.
Vous vous trompez, prince. Je le vois, je le
vois devant moi vivant. Prospero, Prospero
que j'aime, — en ce moment même où je vous
parle, — il est devant vos yeux.

L'INFANT.
Cœur sans pitié! qui êtes toute de feu pour
un autre et toute de glace pour moi, — quoi!
vous me détestez encore à présent que le
comte est mort?

LA DUCHESSE.
Il est vivant et devant moi, vous dis-je, et
peut-être qu'il me reproche de vous avoir
parlé si long-temps.

LE COMTE.
Eh bien! prince, cela ne vous décourage
pas?

L'INFANT.
Hélas! je suis engagé dans un chemin funeste. O mort! que ne me délivres-tu de ce
tourment?

LE COMTE.
Allons, madame not' maîtresse, soyez
moins farouche, pour Dieu! et daignez aimer
un homme qui vous aime.

LA DUCHESSE.
Et savez-vous, vilain que vous êtes, si cela
convient à ma réputation? Avez-vous le pouvoir de m'octroyer la permission, quand j'ai
déjà un mari, de me remarier?

LE COMTE.
Voilà une drôle de plaisanterie! Est-ce que
je suis le pape, par hasard?

LA DUCHESSE.
C'est vous-même qui êtes plaisant! Est-ce
que vous croyez que je peux oublier mon premier époux?

LE COMTE.
Puisqu'il est mort, il ne reviendra plus.

LA DUCHESSE.
Si fait, il reviendra; il reviendra à l'insu de
ses ennemis et il me retrouvera toujours aussi
fidèle.

LE COMTE.
Pardieu! Pascal, je n'y vois pas de remède
si elle ne vous aime pas.

L'INFANT.
Et il n'y en a pas non plus à ma douleur.

(*Entre Fernand.*)

LERIDANO,

Not' maîtresse pourra bien dire cette fois que j'arrive comme une réjouissance.

LE COMTE.

Tiens, c'est vous, not' maître!

LERIDANO.

Je me mets à vos pieds, madame.

LA DUCHESSE

Soyez le bienvenu, fermier, quoiqu'il y ait un mois qu'on ne vous a vu à la maison. — Comment va le moulin?

LERIDANO.

Très bien, madame, pour vous servir, et il vous baise les mains comme de coutume. Le jardin pareillement. Il est plein d'œillets, de giroflées et d'amandiers en fleurs qui sont jolis vraiment avec leur petite parure d'un blanc argenté. Ils étalent fièrement leurs rameaux ouverts et ils embaument. — Nous nous flattons là-bas que votre seigneurie nous accordera un de ces jours l'honneur de sa présence; nous avons besoin d'elle.

LA DUCHESSE.

En quoi puis-je vous faire plaisir?

LERIDANO.

Je marie une jeune fille.

LA DUCHESSE.

Laura?

LERIDANO.

Oui, madame.

LA DUCHESSE.

Et avec qui?

LERIDANO.

Avec un garçon qui l'adore depuis deux ans.

LA DUCHESSE.

C'est trop juste. Eh bien! je serai sa marraine. J'irai demain au moulin; ayez soin de tenir le jardin en bon état.

LERIDANO.

Sur ma foi! il réveille les fleurs par son odeur divine et il les fait pousser jusque dans le chemin.

LA DUCHESSE.

Tu viendras avec moi, Theodora.

THEODORA.

Volontiers, madame.

LE COMTE, à Leridano.

Vous devez être content à cette heure?

LERIDANO.

Quel est ce compagnon?

LE COMTE.

Un ami de mon pays.

LERIDANO.

J'espère, Martin, que tu n'en voudras pas à Laura, que tu banniras la rancune et que tu useras tes souliers à la danse.

LE COMTE.

Nous danserons tous comme des perdus, et surtout avec cette marraine.

LERIDANO.

Tu as donné le compte de la farine?

LE COMTE.

Servez donc les vieux ingrats!

LERIDANO.

Et tu as amené les charrettes?

LE COMTE.

Oui, mais les mules les traîneront.

LERIDANO.

Ce sera là une noce!

LE COMTE.

Vous verrez, not' maître; j'y casserai six paires de castagnettes.

LERIDANO.

Dieu vous garde, madame!

LA DUCHESSE.

Adieu, Leridano, — adieu, Martin. — Et vous, Pascal, n'y revenez plus.

(La duchesse et Theodora sortent d'un côté, et l'infant, le comte et Leridano d'un autre.)

SCÈNE III.

La campagne près du moulin.

Entrent MADAME, DE FRANCE, *et* ALBERTO.

ALBERTO,

Que vous semble, madame, de ce pays? n'êtes-vous pas satisfaite de son aspect agréable? Regardez toutes ces plantes, ces fleurs et ces arbres chargés de fruits.

MADAME.

Le noble pays d'Espagne me plaît infiniment; et ce n'est pas peu dire, quand je viens de quitter la France, et mes parents, et ma famille.

ALBERTO.

Je suis charmé, madame, que ce pays vous convienne, puisque vous êtes destinée à y vivre.

MADAME.

Je suis cependant surprise, seigneur, que nous soyons arrivés si près de la cour sans que le prince ni personne ne soit venu à notre rencontre. À quel motif dois-je attribuer ce manque d'empressement?

ALBERTO.

Que cela ne vous afflige point, belle Fleur-de-Lys. Comme nous avons voyagé secrètement, il est possible qu'on n'ait pas su notre arrivée. Nous ne tarderons pas à apprendre la cause de cette négligence... Mais voici du monde.

(Entrent le roi avec Rufino et sa suite.)

LE ROI.

Faites que l'on amène un carrosse, afin que nous retournions tous ensemble à la ville.

ALBERTO.

C'est le roi.

MADAME.

Je me jette aux pieds de Votre Majesté.

LE ROI.

Non, madame et ma chère fille, dans mes bras!

MADAME.

Je suis votre servante, sire; je viens de France comme gage de l'amitié que vous porte le roi mon père.

LE ROI.

Le ciel, madame, vous a faite accomplie en toutes choses, puisque votre esprit égale votre beauté. — Comment la princesse s'est-elle trouvée de ce voyage, Alberto?

ALBERTO.

Madame a un peu souffert du mal de mer les premiers jours; mais heureusement que cela n'a rien été.

LE ROI.

Vous serez sans doute étonnée, belle Madame, que le prince ne soit pas sorti au-devant de vous... C'est qu'il s'imaginait que vous viendriez par terre, et il est allé vous chercher en poste... Mais d'ici à deux ou trois jours il sera averti et il accourra vous présenter ses hommages et vous serrer dans ses bras.

MADAME.

Je suis fâchée que monseigneur le prince se soit donné cette peine; mais il en sera vengé par l'impatience avec laquelle nous l'attendons.

UNE VOIX *derrière la scène.*

Arrête! arrête!

LE ROI.

Quelle est cette troupe, mon ami, qui chemine vers la forêt?

RUFINO.

Ce sont les domestiques de la duchesse Celia. Elle vient ce soir à cette ferme pour être la marraine de noce de la fille du meunier.

LE ROI.

Dis-moi, penses-tu que la maison puisse contenir quelques hôtes de plus?

RUFINO.

Je vous comprends, sire, et je réponds que la maison est assez vaste pour contenir deux fois plus de monde.

LE ROI.

Eh bien! en ce cas, la duchesse aura un hôte puissant et une hôtesse charmante. Fais en sorte qu'on nous apporte promptement de la cour ce qui est nécessaire pour la nuit. Madame Fleur-de-Lys fera demain son entrée avec plus d'éclat et de pompe. — Venez, madame, vous reposer, et demain nous irons à la ville.

(Le roi, Madame et le cortège sortent.)

RUFINO.

Le roi a eu là une idée singulière de vouloir s'arrêter ici. C'est son amour pour la duchesse qui la lui a inspirée certainement. Il n'est heureux qu'auprès d'elle, et, afin de jouir de sa vue, il passe la nuit dans la campagne avec Madame, de France.

(Entrent l'infant et le comte toujours déguisés.)

L'INFANT.

Il y a bien du bruit, Martin, à la maison. On dit que c'est Madame, de France, qui arrive.

RUFINO.

Holà, meunier!

LE COMTE.

Qui appelle?

RUFINO.

Quand vient la duchesse?

LE COMTE.

Voyez, elle traverse le sentier.

RUFINO.

Vous avez là une marraine de renom! Et à quand la noce?

LE COMTE.

On prépare tout en ce moment.

RUFINO.

Je m'en vais parler à la duchesse. Demeurez avec Dieu.

(Il sort.)

LE COMTE.

Pourquoi donc vous cachez-vous le visage de votre main, comme si vous n'étiez pas suffisamment masqué par la farine?

L'INFANT.

Parce que cet homme me connaît. — Mais regarde.

LE COMTE.

Quoi donc?

L'INFANT.

Où va le roi avec sa suite?

LE COMTE.

S'il passe le pont, c'est pour aller au jardin de la duchesse.

L'INFANT.

Tu as raison, pardieu! Le roi et sa bru vont au jardin de la duchesse.

LE COMTE.

Sans doute qu'ils y passeront la nuit.

L'INFANT.

Vive Dieu! je me réjouis de voir à mon aise, sous ce déguisement, l'épouse du prince. — Voici la duchesse, Martin.

LE COMTE.

Leridano l'accompagne.

(Entrent la duchesse et Leridano.)

LA DUCHESSE.

Comment! le roi entre chez moi sans permission?

LERIDANO.

Oui, madame, et de plus il vient pour coucher cette nuit à la ferme.

LA DUCHESSE.

Il faudra d'abord que j'y consente.

LERIDANO.

On ne peut guère refuser un pareil hôte.

LA DUCHESSE.

Quels sont ces gens-là?

LERIDANO.

Madame, c'est Martin et Pascal.

LA DUCHESSE.

Eh quoi! Martin, Pascal est devenu votre compagnon inséparable?

LE COMTE.

Oui, madame; depuis que je suis meunier il m'a pris en amitié.

LA DUCHESSE.

La noce ne peut donc pas se faire sans Pascal, seigneur Martin?

LE COMTE.

Non, madame; il est grand danseur et il mettra tout sens dessus dessous.

LA DUCHESSE.

S'il ne s'y conduit pas bien, il y trouvera quelqu'un qui le châtiera.

L'INFANT.

Rien, madame, ne pourra jamais me contraindre à renoncer à cet amour. Mais comme je ne réussis pas à vous attendrir, je suis décidé, en ma qualité de meunier, à moudre votre cœur. Il est aussi dur qu'un rocher; mais ma fidélité sera un moulin de diamant.

LERIDANO.

Le roi! voici le roi!

L'INFANT, à part.

Éloignons-nous afin de voir la princesse sans être vu.

(Il s'éloigne à quelques pas. Entrent le roi et Madame.)

LE ROI, à part.

J'aime tant la duchesse qu'il m'est impossible de ne pas aller au-devant d'elle.

LA DUCHESSE.

Je vous baise les pieds, sire, et à vous aussi, Madame, dont la perfection et la grace me charment.

MADAME.

Je suis tout-à-fait votre servante.

LE ROI.

Au moins vous ne vous plaindrez pas de ma galanterie, duchesse; car ayant appris que vous étiez marraine, je suis venu pour être le parrain.

LA DUCHESSE.

Je ne suis pas digne, sire, d'une telle faveur.

L'INFANT, à part.

Cette petite Française est charmante et elle mérite d'être aimée.

LA DUCHESSE.

Sire, cet honneur revient de droit à la plus haute dame de Castille. Il ne convient pas que je sois marraine avec vous là où se trouve Madame. C'est mon devoir de lui céder.

LE ROI.

Et le mien c'est de ne pas vous contredire, belle Celia.

MADAME.

Les mariés seront heureux. Peu de rois ont eu à leurs noces un parrain de cette qualité.

L'INFANT, à part.

Elle est vraiment divine et je commence à ressentir de l'amour pour elle.

LE ROI.

Veuillez ordonner, duchesse, que l'on amène les fiancés. Je suis impatient de terminer ce mariage; car je le considère comme de bon augure pour un autre que je compte faire bientôt.

LA DUCHESSE.

Vous allez être obéi, sire. — Venez, Leridano et Martin, chercher les fiancés. (bas à Leridano.) Rappelez-vous ce que vous m'avez promis.

LERIDANO.

Je ferai pour vous, madame, tout ce que vous voudrez.

(La duchesse, le comte et Leridano sortent.)

L'INFANT, à part.

J'admire avec un plaisir toujours croissant, avec une joie nouvelle et inconnue la beauté de cette dame... On a bien eu raison de la nommer Fleur-de-Lys... Elle surpasse même en blancheur et en éclat la fleur dont elle porte le nom. C'est pour elle que je devrais soupirer, c'est à elle que je dois adresser mon amour. Maudit soit le temps où je rendais des soins à une femme dédaigneuse! maudit soit le temps où je ne connaissais pas encore celle qui règne désormais sur mon âme!

(Entrent le comte, Leridano, la duchesse et Laura, suivis d'une troupe de villageois qui chantent. La duchesse est vêtue en paysanne et son voile est abaissé sur son visage.)

PLUSIEURS VILLAGEOIS, chantant.

Jamais pareille mariée
N'avait paru dans la contrée;
Dieu bénit le moulin!

D'AUTRES VILLAGEOIS, chantant.

Si rien n'est aussi parfait qu'elle,

Il fallait qu'elle fût bien belle
Pour un si grand parrain!

CHŒUR DES VILLAGEOIS.

Jamais pareille mariée
N'avait paru dans la contrée;
Dieu bénit le moulin!

LE ROI.

Vive Dieu! cela va bien; cela est d'un bon augure pour l'avenir. Il n'y avait qu'une mariée tout à l'heure, et maintenant en voilà deux.

LERIDANO.

C'est que, voyez-vous, sire, les amandiers de mon jardin produisent des amandes jumelles, et il y avait deux mariées dans la même coquille. Comme vous honorez et protégez la noce, Melampo et Martin épousent ces deux demoiselles qui sont mes filles.

LE ROI.

Ce vilain a de l'esprit; il profite de ce que je suis le parrain pour marier tous les garçons des environs.

LERIDANO.

Si cela vous plaît, sire, nous allons célébrer joyeusement ces deux noces.

LE ROI.

Ces deux-là et toutes celles que vous voudrez, puisque j'y suis.

LE COMTE.

Vous tiendrez, sire, votre parole royale, quoi qu'il vous en coûte.

LE ROI.

Certainement.

LERIDANO.

Voilà qui est dit, il ne manque plus que le curé.

LE ROI.

Regardez bien s'il ne passe pas quelque couple par le chemin pour que je le marie. Mais appelez d'abord la duchesse; nous ne pouvons rien faire sans elle.

LERIDANO.

Je cours la chercher.

LA DUCHESSE, *soulevant son voile.*

Elle est ici.

LE ROI.

Que vois-je?

LA DUCHESSE.

J'invoque, sire, la parole que vous avez donnée à mon mari.

LE ROI.

A qui? au comte?

LA DUCHESSE.

Le voici.

LE COMTE.

Oui, sire, je suis le comte Prospero. Je vous demande la vie ou la mort, et je demande également pardon à l'infant monseigneur.

LE ROI.

Quel est cet homme-là?

L'INFANT.

Sire, je suis votre fils et j'implore de votre bonté le pardon de mes fautes. La mort du comte et mon exil, tout cela n'était qu'un jeu. Il finira bien si vous nous accordez votre indulgence. *(à Madame.)* Et vous, Madame et mon épouse chérie, veuillez me donner votre main.

MADAME.

Elle est à vous pour la vie.

LE ROI.

Toutes ces scènes m'ont troublé à tel point que je ne sais que dire. — Ah! Celia, vous m'avez trompé!

LA DUCHESSE.

Ma conduite, sire, a été celle d'une femme qui aimait.

LE ROI.

Puisque vous voilà tous mariés, jouissez de votre jeunesse; pour ma part je m'aperçois, quoique un peu tard peut-être, que les soucis d'amour ne conviennent pas à mon âge.

LAURA.

Ah! seigneur comte!

LE COMTE.

Eh bien!

LAURA.

Vous êtes le galant meunier qui courtisait une femme tandis qu'il en aimait une autre.

LE COMTE.

Oui, pardieu!

LAURA.

Bien vrai?

LE COMTE.

Je l'ai juré.

LAURA, *à part.*

Baste! il se moque de moi.

LE ROI.

A compter d'aujourd'hui les meuniers peuvent se tenir pour chevaliers.

MELAMPO.

Que je trouve à manger tout mon saoul quand je descendrai de cheval, ce sera là, selon moi, la parfaite chevalerie.

LE ROI.

Je te donne une rente.

MELAMPO.

Bien vrai?

LE ROI.

Je l'ai juré.

LE COMTE.

Maintenant, Celia, il m'est permis de vous aimer.

LA DUCHESSE.

Je suis à vous pour jamais.

LE COMTE.

Bien vrai ?

LA DUCHESSE.

Je l'ai juré.

LE ROI.

Allons faire la noce.

LE COMTE, *aux spectateurs.*

Et puisque le malheur a cessé de me poursuivre, illustre assemblée, ici finit la comédie du moulin.

FIN DU MOULIN.